Los Caballeros de la Noche

DANIEL BALMACEDA

Los Caballeros de la Noche

Grijalbo

Papel certificado por el Forest Stewardship Council®

Primera edición: enero de 2026

Printed in Spain – Impreso en España

ISBN: 978-84-253-7243-8
Depósito legal: B-19.580-2025

Compuesto en Fotoletra, S.L.

Impreso en Liberdúplex
Sant Llorenç d'Hortons (Barcelona)

GR 7 2 4 3 8

A Silvia, Pancho y Sofía Balmaceda

ÍNDICE

PRIMERA PARTE

SEGUNDA PARTE

TERCERA PARTE

CUARTA PARTE

PRIMERA PARTE

Bélgica
N
Brujas
Malinas
Bruselas

Brujas
N
Estación Central
de Brujas
Castillo
Tilleghem

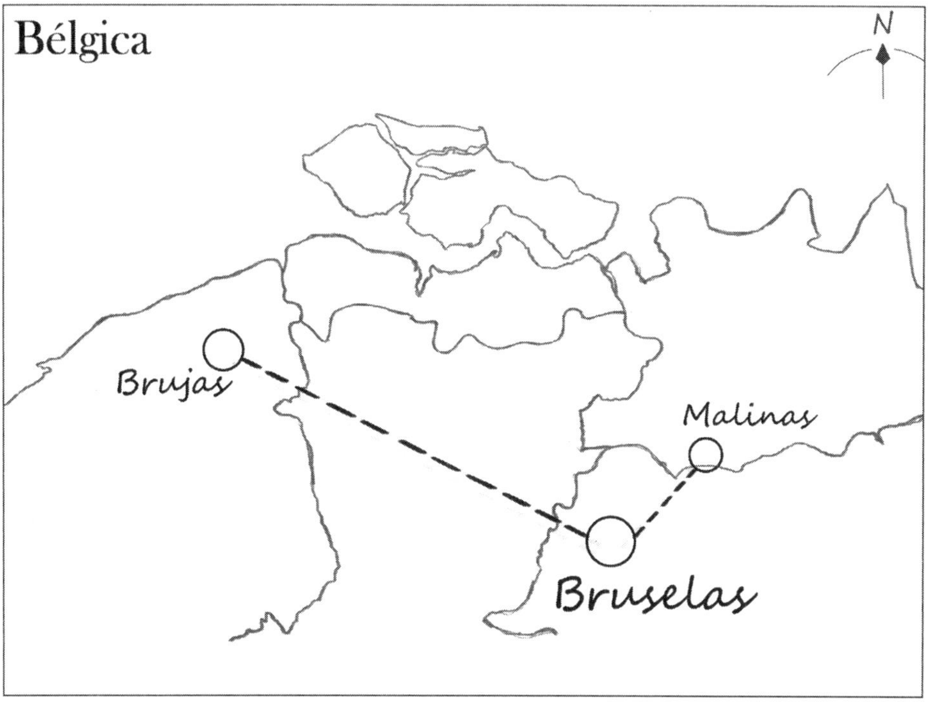

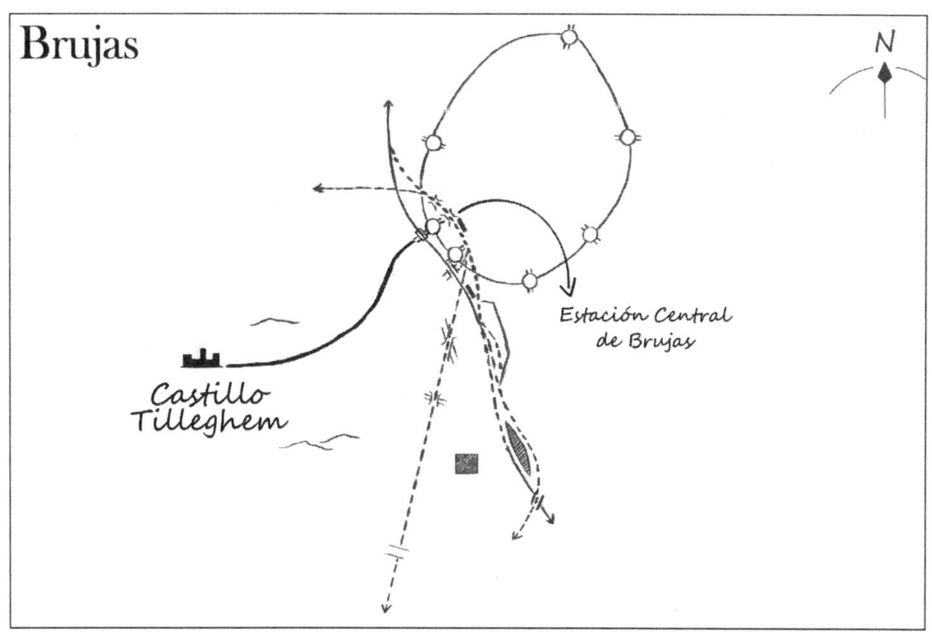

BRUJAS, 1853

Peñaranda:

Esta familia, con razón considerada como una de las más antiguas y nobles de España, ha gozado de gran fama, y varios de sus miembros han ocupado los primeros cargos y las más altas dignidades en el Estado civil y en el Estado militar. Toma su nombre de la localidad de Peñaranda, situada en Castilla la Vieja, que llegó a ser capital del ducado bajo el rey Felipe III.

El origen de su nobleza se pierde en las brumas de los siglos.

N. J. Vander Heyden,
Nobiliare de Belgique,
Amberes, 1853

Faltaba una hora para que amaneciera en el castillo Tilleghem de Saint Michel. La majestuosa edificación rectangular de cuatro plantas, con dos torres en sus vértices frontales más una central, y rodeada en su totalidad por una fosa más ancha que profunda, solo era accesible a través de dos puentes. En septiembre de 1873, conservaba su espléndido estilo medieval, con algunas modificaciones neogóticas dispuestas por sus nuevos propietarios, el barón Eugène de Peñaranda y la baronesa Clotilde de Laage.

Mientras el castillo Tilleghem con su majestuosa historia se erguía tranquilamente bajo la luz de las estrellas, un suceso inminente estaba a punto de sacudir no solo sus antiguas paredes, sino también de capturar la atención de toda la realeza europea.

Su emplazamiento, a cinco kilómetros al sur de Brujas, lo ponía a resguardo del ajetreo característico de las aglomeraciones. Esta próspera ciudad belga había tenido su época dorada como activo puerto en la Edad Media. El protagonismo comercial fue disipándose hasta que una vez más se vio favorecida, en el siglo XIX, gracias al desarrollo del ferrocarril. Brujas volvía a estar en el mapa de los viajeros, y el castillo Tilleghem realzaba la severa hidalguía de aquel rincón del noroeste de Bélgica, una nación en pleno proceso de cambio industrial y social.

En la segunda planta del *château*, el barón de Peñaranda disfrutaba de su acogedora sala de fumar, un rincón en el que las paredes estaban adornadas con tapices bélicos, y los muebles de caoba, siempre brillantes, generaban un armonioso contraste con las molduras doradas. Uno de los mayores placeres del barón era ingresar a la sala y sentirse invadido por su aroma penetrante de cuero y tabaco. Desde allí, minutos antes del amanecer y luego de resolver alguna correspondencia, se permitía encender un puro en su mullido sillón predilecto, herencia del abuelo paterno, y deleitarse con los primeros rayos de sol sobre el parque, que se perdía en un verde de ochenta hectáreas. No podía evitar transportar las imágenes de los tapices a su jardín y dirigir con su imaginación los movimientos de aquellos guerreros del pasado. Cuando la baronesa Clotilde lo encontraba absorto, perdido en sus pensamientos, lejos estaba de suponer que lo que paralizaba a su marido no eran urgentes negocios sino un simple juego de soldados de ensueño.

Como todas las mañanas a las seis, el 4 de septiembre de 1873 el barón se dirigió a su refugio de sosiego. Pero se topó con una novedad. Por primera vez en los quince meses que llevaba en el castillo, la puerta de la sala de fumar estaba cerrada. No tenía sentido. Se resolvió que un lacayo y un jardinero, munidos de una larga escalera y con sumo cuidado, ingresaran por la ventana que daba al jardín para poder desbloquear la puerta.

Los dos empleados lograron acceder al ambiente desde el muro exterior. El problema estaba resuelto, pero la sorpresa sería mayor. El barón de Peñaranda había sido víctima de un gran robo. Salvo algunos papeles quemados y un par de ganchos en el piso, la sala no mostraba signos de violencia. Habían desaparecido acciones nominativas, bonos al portador, joyas, billetes y monedas de oro. El monto se aproximaba a los ochenta y cinco mil francos, dinero suficiente para darse gustos durante unos diez años o más. Monsieur Eugène, conocido por su elocuencia, quedó encerrado en un nervioso silencio. Las palabras lo abandonaron, a la vez que sus ojos vagaban por las paredes y el techo de la sala, tratando de encontrar la entrada clandestina a su preciado espacio. La luz del amanecer se pintaba en los tapices y traía consigo el sonido de pasos apresurados: la policía, alertada por la noticia del robo, estaba a punto de cruzar el umbral del castillo Tilleghem.

Los agentes que respondieron al llamado se dedicaron a recopilar evidencia para reconstruir el robo. Una prolija observación permitió dar con dos escaleras en la profundidad del foso y algunas sogas, que se sumaban a los papeles quemados y a los ganchos. Al unir las piezas sueltas, los investigadores determinaron que los ladrones habían trepado hasta la ventana empleando las dos escaleras, atadas con cuerdas para duplicar su altura. Era indudable que intentaron quitar la ventana con prolijidad, pero fallaron. Entonces, los delincuentes optaron por quemar parte de la madera y así lograr que cediera, haciendo palanca con un formón. Una vez consumado el robo, trabaron la puerta que comunicaba la sala violentada con el pasillo principal y escaparon por donde habían entrado.

A medida que la policía tejía con oficio los hilos de la escena del crimen, una incógnita sobrevolaba a los presentes: la identidad de los ladrones. El flujo de la investigación estuvo a punto de estancarse, pero un hallazgo providencial proporcionó el punto de partida necesario para desentrañar el enigma.

En los matorrales, no muy lejos de donde habían descubierto las escaleras, se encontró una papeleta rectangular. Era un boleto de tren que tenía la fecha «2 de septiembre». Cubría el viaje de noventa kilómetros desde Bruselas hasta Brujas. Ese papel se convirtió en la pista que guio por el buen camino a los detectives. Con la esperanza de que el boleto fuera la llave del misterio, se dirigieron rápidamente hacia Bruselas, decididos a rastrear al enigmático pasajero.

De los interrogados en las adyacencias de la estación, fue Charles van Kuyck quien les proporcionó una información clave. El día 2, un joven le había consultado dónde adquirir una escalera para pintar. Juntos concurrieron al almacén de Mathilde Vanlerberghe. Cuando el sujeto vio el tamaño de la escalera que le ofrecían, se desalentó. Pero finalmente dijo: «¡Bah! Se las arreglarán lo mejor que puedan, solo hay que atarlas». Compró dos y, además, contrató a Van Kuyck para que las llevara a la estación y las despachara a Brujas. Escribió el nombre del destinatario (señor Carlier) y el del remitente (señor Dorbourg, hotel de Hollande en Amberes). Si bien los datos eran falsos, Van Kuyck actuó de buena fe y realizó el envío.

Los agentes obtuvieron una descripción detallada del enigmático comprador: rondaba los veinticuatro años, era alto, delgado, pálido, de ojos azules, con pelo castaño, barbilla larga y bigotitos negros. Se destacaban sus dedos largos, al igual que sus uñas. Tenía una voz suave y agradable. El aspecto general evidenciaba que pertenecía a la sociedad acomodada. Armados con una descripción del comprador misterioso, los agentes telegrafiaron a Brujas. Era hora de confrontar al barón y la baronesa Peñaranda con estas revelaciones, con la esperanza de que la imagen descrita pudiera iluminar la identidad del ladrón.

Eugène y Clotilde estaban convencidos de que los rasgos enunciados correspondían a Gustave Minnaert, un joven soldado que visitaba a menudo a Auguste de Laage, padre de la baronesa. Los pasos a seguir no ofrecían dudas: los auxiliares de la Justicia debían arrestar a Minnaert, obtener su confesión y presentarlo ante quienes lo habían descrito para su debido reconocimiento. Así se resolvería el caso.

Sin embargo, cuando todo indicaba que las piezas encajaban, el barón recibió una carta que no solo establecía que la pista de Minnaert estaba completamente errada, sino que señalaba a un nuevo e inesperado sospechoso.

CAUSA PERDIDA

La majestuosa capilla de la Nunciatura de Bruselas se había transformado en un escenario de opulencia desbordante, el 12 de abril de 1853, para recibir a los distinguidos contrayentes. El ilustre vizconde belga, Eugène de Kerckhove, doctor en Derecho y condecorado por sus servicios como encargado de negocios del emperador de Turquía, aun en sus relucientes treinta y cinco años, imponía su presencia en la entrada de la capilla. Su destacada hoja de servicios incluía desde roles relevantes en Estocolmo hasta su posición como primer secretario de la legación en Constantinopla. En su uniforme de gala, el novio ostentaba variadas distinciones, entre las que se destacaban la Rosa de Brasil, la Legión de Honor y la Orden de los Cuatro Emperadores de Alemania.

A su lado, la encantadora Émilie de Peñaranda, de tan solo veintiún años, hermana del barón Eugène de Peñaranda, aportaba juventud y gracia a la ceremonia. La combinación de la experiencia de Kerckhove con la frescura y el encanto de Émilie equilibraba la solemnidad de la nobleza con la vivacidad de la juventud. Esta unión lograba dar vida a un matrimonio aristocrático de completa armonía y larga duración.

La prole fue numerosa. Una docena de vástagos adornaron el cuadro familiar, según los registros genealógicos y nobiliarios europeos. Sin embargo, suele omitirse al primogénito, nacido en Bruselas el 22 de mayo de 1854. Se llamó Marie Joseph François Louis Alphonse de Kerckhove. Sus padrinos de bautismo fueron su abuelo paterno (solo sus condecoraciones abarcarían tres largos párrafos) y su abuela materna, Rosamond de Spong, también de una familia distinguida.

Desde la cuna, Alphonse tuvo a su disposición todas las comodidades y una educación completa que incluía los exquisitos modales para manejarse en el encumbrado mundo social que lo rodeaba. Pero su adolescencia se volvió agitada. En su entorno lo calificaban de irritable, apasionado, fogoso y exaltado. Preocupaba a sus hermanos que hubiera comprado un revólver más una excéntrica daga y que vociferara sus deseos aventureros de viajar a América, renegando del título nobiliario que alguna vez le correspondería heredar.

Para el vizconde Eugène de Kerckhove su primogénito era una causa perdida. A nadie sorprendía que Alphonse comiera en su cuarto y rara vez se presentara en la mesa de la mansión en Malinas, a veinticinco kilómetros de Bruselas. En 1873, su rebeldía se potenció al iniciar una relación sentimental desaprobada por sus padres.

El romance había comenzado a tomar forma cierta vez que acompañó a sus hermanos menores, Eugène y Vincent, al hogar de los De By. Eran compañeros escolares de los varones de la casa. El grupo familiar estaba compuesto por el taciturno señor De By, hombre huraño, de poquísimas palabras, que se encerraba en un cuarto con su taza de té y parecía más un inquilino que un integrante de la familia. Su esposa, Céline Mohimont, que se mostraba como la antítesis de su marido: era activa conversadora y, sobre todo, ambiciosa. Era una mujer de marcada elegancia, figura esbelta, piel apenas pálida y ojos avellana, siempre centelleantes, que se jactaba de su cabellera oscura como la medianoche, recogida en un rodete cuidadosamente trenzado. Los tres hijos del matrimonio, Paul, Adolphe y la joven Desirée, muy parecidos entre sí, heredaron los rasgos físicos de la dama del hogar. Completaba el cuadro la viuda Mohimont, la madre de Céline, mujer dócil y simple, aunque con su pelo gris ceniza, la nariz aguileña, los ojos vivaces y el cuerpo encorvado aterraba a los niños del vecindario.

La directora de la orquesta familiar era, sin duda, Céline. Ella fue quien tuvo la idea de entrelazar a la poderosa familia Kerckhove con los De By a través de sendos matrimonios. Su hijo Paul se casaría con Marie Émilie, una de las Kerckhove, a la vez que Alphonse contraería enlace con Desirée De By. Si el plan de la dama resultaba, uniría a los suyos con una de las principales familias de Bélgica. Compartió el proyecto con su áspero marido, quien no tuvo mucho que aportar. Lo conminó a obtener un préstamo para comprar tierras y así poder presentarse ante los Kerckhove como latifundistas. Sin embargo, el hombre no pudo lograr nada.

Mientras Céline movía los hilos de la trama, el joven Alphonse visitó en Brujas a su tío materno, el poderoso barón de Peñaranda, aprovechando un par de semanas de vacaciones. Era el verano de 1873. La hospitalidad de los parientes en el exclusivo castillo fue completa. El caballero Eugène no tenía prole, y el hijo mayor de su hermana Émilie era una compañía bienvenida.

Este encuentro veraniego proporcionó a Alphonse información privilegiada sobre la vida y rutinas de los habitantes del *château* Tilleghem. En cuanto regresó a Malinas, el candidato a yerno conspiró con la futura suegra para llevar a cabo el robo a los Peñaranda de Brujas.

EL ROBO EN TILLEGHEM

El plan era sencillo. La tarea de ejecutar el robo recaería en Alphonse, quien poseía el conocimiento detallado: sabía qué ventana debía franquear, en qué parte inferior de la mesa se escondía la llave y cuál era el cajón del escritorio donde se resguardaban los valores. En cuanto a Céline, aportaría el dinero para facilitar la compra de la escalera y el resto de las herramientas.

Se presentaba una última cuestión a resolver: la coartada. Debían asegurarse de que Alphonse no pudiera ser relacionado con Brujas durante la noche del robo. El joven debía trasladarse de Malinas a Bruselas (25 km) y de allí a Brujas (90 km), sustraer los valores y regresar sin despertar sospechas. Era complicado, pero hallaron una solución ingeniosa. Alphonse convenció a su futuro cuñado, Adolphe de By, para que tomara su lugar en la residencia Kerckhove. Adolphe se hallaba físicamente deshonrado, era tuerto, poco inteligente y con facilidad se convertía en juguete de los demás. De todos modos, el papel que le tocaba interpretar no parecía ser complejo, si se tiene en cuenta que Alphonse Kerckhove solía pasar horas encerrado en su cuarto y rara vez bajaba al comedor a la noche. Por lo tanto, bastaba con que el muleto de Alphonse se quedara en el dormitorio. Le había prevenido que hacia las siete u ocho de la tarde un criado le traería su cena habitual, una taza de leche, en la habitación contigua y que en ese momento tendría que bostezar para hacer notar su presencia. Además, tenía que deshacer la cama y usar la palangana, obligando así al personal a realizar los cambios habituales y evitar sospechas.

Convivieron veinticuatro horas para ajustar los detalles. Aprobada la simulación, el 1 de septiembre se puso en marcha el plan. Céline y Alphonse se citaron en la estación de tren de Malinas. La suegra le entregó una bolsa gris con herramientas, ganchos, una máscara de muselina que ella misma confeccionó, más algo de dinero.

Al día siguiente, ya en Bruselas, Alphonse compró las escaleras y las hizo despachar a Brujas, mientras él mismo abordaba el tren como un pasajero más, con su boleto de viaje, el cual se encontró luego cerca de la escena del robo. Finalizado el trayecto, durante la noche del 3 de septiembre algunos curiosos avistaron a un joven esbelto que caminaba pesadamente, llevando con dificultad dos escaleras, por el sendero que conducía a Saint Michel y al castillo Tilleghem.

Alphonse llegó sigiloso antes de la medianoche. Su primer propósito era asegurarse de que su tío y el principal sirviente, una suerte de mayordomo, descansaran sin sobresaltos. El único que lo recibió con entusiasmo fue el perro, que, tras un breve desconcierto inicial, agitó la cola al reconocer el olor del simpático sobrino del barón, quien había visitado la mansión unas semanas atrás.

Con destreza, armó la doble escalera en la penumbra, se

enfundó la máscara de muselina y se lanzó a la ascensión hasta el cuarto del barón. Con extrema precaución acercó su rostro al marco de la ventana y constató que dormía. Era el momento de iniciar el robo, pero la fatiga lo venció. Decidió descansar y desechó la máscara que le impedía respirar con comodidad y le perjudicaba la visión.

Recuperado, trepó el muro a la una de la madrugada y trabajó con paciencia para forzar la ventana, pero esta no cedía. Sin perder la calma, optó por un plan alternativo. Con un taladro manual hizo agujeros en el marco de madera e introdujo cerillas largas encendidas para debilitar la estructura. La combustión fue rápida, y Alphonse tuvo que actuar con destreza para evitar un incendio significativo.

En cuanto penetró en la sala, apagó el fuego, subió la bolsa gris que colgaba de la escalera mediante una cuerda y la llenó con los objetos de valor. Su conocimiento sobre el escondite de la llave resultó innecesario porque el gabinete estaba abierto. Tomó los valiosos objetos, los depositó en la bolsa y se retiró rápidamente del lugar. Aprovechó el foso del castillo para deshacerse de las dos escaleras y las sogas y así eliminar los rastros de su intrusión. Por fin, abordó el tren expreso con destino a Bruselas, que partió a las cinco, dos horas antes del amanecer. Mientras los residentes del *château* se alborotaban por el robo, el astuto sobrino del barón viajaba con su precioso botín hacia Bruselas. Solo restaba completar la última fase luego de aquella intrépida incursión a la residencia de sus tíos. Allí empezarían los problemas.

MAL PASO EN BRUSELAS

Alphonse recorrió todo el trayecto a Bruselas manteniendo su rostro oculto tras un sombrero de paja; asimismo, evitó cualquier contacto visual con los demás pasajeros. Una vez en la capital belga, tenía que encontrarse con la viuda Mohimont, quien solía visitar la ciudad los jueves. Eso era todo lo que debía hacer. Sin embargo, el cóctel de adrenalina e impunidad lo llevó a cometer un error crucial. Imprudentemente, acudió a un cambista de la ciudad con la intención de deshacerse de las acciones y obtener francos. El agente bursátil le hizo un par de preguntas —que el joven no supo contestar— y le señaló que esos títulos eran difíciles de negociar. Con fastidio, el precoz delincuente se retiró del escritorio del experto en divisas, alegando que había olvidado otras acciones y que regresaría más tarde. Nunca volvió. Se encontró con la viuda Mohimont y le entregó la bolsa. El ladrón viajó a Malinas aliviado, ya que el botín era transportado en el mismo tren por una mujer que jamás despertaría sospechas.

A resguardo en el hogar de los De By, Céline y Alphonse ocultaron el producto del robo en una gran olla de cobre con tapa. Tal cual lo habían proyectado, enterraron el caldero en el jardín. Luego Alphonse regresó a casa de su tío para relevar a Adolphe de la tarea de ocupar su lugar. Todo había transcurrido según lo planeado; nadie se había percatado de su ausencia ni de la sustitución por uno de los De By. Lejos estaba de ser el robo perfecto, pero la planificación había mostrado ingenio.

Aun así, el boleto que conectaba Brujas con Bruselas se convirtió en una valiosa pista para los investigadores. Primero descubrieron la compra de las escaleras. Después, dieron con el agente bursátil. Pero fueron los propios integrantes de la banda quienes terminaron aportando las pistas contundentes.

Paul de By sentía celos de Alphonse. Anhelaba tener un papel destacado en el robo, pero fue descartado tempranamente porque padecía una notoria cojera que lo habría delatado. También se sintió marginado en el momento en que enterraban el botín. En silencio, gestó su venganza. Un par de noches después, mientras todos dormían, desenterró la olla de cobre y tomó la quinta parte, que consideraba que le correspondía.

El hurto se descubrió al día siguiente, cuando yerno y suegra se disponían a hacer el reparto. Paul confesó su delito pero se negó a revelar que lo había escondido sobre una viga del desván de la casa. Furioso, Alphonse tomó hasta el último centavo de lo que aún quedaba y se retiró maldiciendo. Los De By habían dejado de ser dignos de su confianza.

Pero había algo más. En el hogar de los Kerckhove las conversaciones giraban constantemente en torno del robo al pariente en Tilleghem y, sobre todo, se conocían los detalles de la pesquisa. Por ejemplo, que los policías buscaban a los responsables, no en Brujas, sino en Bruselas. La carga de culpabilidad pesaba tanto en Alphonse que sentía que sería capturado en breve. También era posible que Paul de By lo delatara.

Entonces, el joven Kerckhove decidió huir, sin imaginar que su cambio lo pondría en la senda de uno de los grandes sucesos delictivos de su tiempo.

LA FUGA

Alphonse no perdió tiempo en despedidas; se dirigió directamente a Tournai, al borde de Francia. Antes de abandonar el hogar, le escribió una carta a otro de sus tíos, el reverendo padre jesuita Léopold de Peñaranda. En ella le confiaba su determinación de huir del oprobio que supondría una detención y un juicio, deshonras que ni siquiera una absolución podría borrar. Narraba cómo, al volver de las vacaciones en Tilleghem, se encontró bajo la insistente presión de Paul De By y su madre, empeñados en que compartiera cada detalle acerca del *château* del barón. Y admitió que, finalmente, confundido por los efectos del vino, cedió y les trazó un bosquejo de las salas de la mansión.

De esta manera, Alphonse se retrataba a sí mismo como una inocente presa de las intrigas maquinadas por los De By, autores materiales del robo. Aseguró que recién al día siguiente de consumado el delito tuvo conocimiento de lo que habían hecho, y expresaba su vergüenza y su decisión de distanciarse de Bélgica y de su entorno familiar, no sin antes señalar a los verdaderos culpables. A medida que Alphonse dejaba atrás los campos de Bélgica, las repercusiones de sus actos iniciaban un viaje en sentido contrario, rumbo al castillo ultrajado.

El barón Eugène rompió el sello de la carta que le envió su hermano Léopold. En su interior encontró una escueta nota del mismo, a modo de prólogo a la confesión de Alphonse. Cada palabra que leía era una mezcla de sorpresa y desilusión al descubrir la responsabilidad de su querido sobrino en el hurto. Tras intensas deliberaciones, la familia decidió enfrentar el escándalo, conscientes del tumulto que desataría en la alta sociedad belga. Con determinación entregaron la misiva a las autoridades, lo que provocó un vuelco imprevisto en la investigación, pues el señalado hasta entonces era el joven soldado Gustave Minnaert. Para cuando el jefe de Policía tomó conocimiento de la confesión, el sobrino ya se encontraba más allá de las fronteras, lejos del brazo de la Justicia local. Los que aún estaban al alcance eran Céline y sus hijos. De inmediato, el jefe redactó un telegrama, ordenando que los investigadores se dirigieran a Malinas para indagar a los De By, quienes se veían seriamente implicados por la acusación de Alphonse.

Durante el interrogatorio, Céline dirigió una mirada fulminante a Paul, quien con voz temblorosa admitió: «Así es, Alphonse nos contó todo». Su hermano Adolphe asintió, evitando el contacto visual.

Su silencio previo, aseguraban, se debió a las amenazas del joven, quien todo el tiempo blandía un revólver y juraba vengarse de quien lo delatara.

Alphonse Kerckhove estaba ausente y no podía refutarlos. Pero tampoco hizo falta. Los De By, atrapados en la red de sus propias mentiras, ofrecían testimonios cada vez más confusos y contradictorios, en un intento desesperado por eludir la responsabilidad. Los investigadores, que detectaron las falencias en los relatos, arrestaron a Paul. Hasta entonces se veían más inclinados a creer en la versión de Alphonse.

Sin embargo, la percepción cambió cuando, tras una angustiosa noche en prisión, Paul prometió a sus custodios revelar el paradero del dinero y las joyas sustraídas, confesando su participación y la de los demás cómplices. Acompañado por la comitiva policial, regresó a la residencia de los De By. Con su renguera a cuestas, se dirigió al desván y extrajo un pañuelo que le pertenecía, donde había ocultado su parte del botín.

El interrogatorio fue más exhaustivo. Cada declaración se analizaba con sumo cuidado, contrastándola con los aportes de los testigos que estaban involucrados con el caso. Gradualmente se iba corroborando la veracidad de las confesiones de los De By. La evidencia, irrefutable, señalaba a Alphonse Kerckhove de Peñaranda, hijo del vizconde y sobrino del barón, como artífice del robo en la mansión Tilleghem.

Mientras en Bélgica afloraban las verdades, Alphonse estaba cada vez más lejos. Como una sombra partió de Marsella, dejando atrás sus callejuelas y pecados. Fue avistado en Mónaco, donde apostaba cantidades desorbitadas de dinero, en su ruta a Italia. Cambió de rumbo hacia la costa occidental de Francia, se detuvo en Burdeos, cruzó hacia Inglaterra y, finalmente, desde Liverpool, zarpó hacia Nueva York. Allí se asentó en Brooklyn y de esa manera culminó una agitada travesía de dos meses.

El último destino fijo que se le conoció fueron las cataratas del Niágara, en la frontera con Canadá, desde donde envió una carta a su padre, fechada el 10 de noviembre de 1873. Posteriormente, el 6 de diciembre, despachó otra nota, pero esta vez optó por adjuntar dos paquetes. Transcurridos tres meses del robo, el fugitivo devolvía parte de los valores bursátiles sustraídos al barón.

Para cuando las cartas del arrepentido Alphonse arribaron a Bélgica, los De By ya habían enfrentado a la Justicia. Paul fue sentenciado a cinco años de cárcel; Céline Mohimont, a cuatro; mientras que su hijo mayor, Adolphe, resultó absuelto. En cuanto a Alphonse Kerckhove, fue condenado en rebeldía a diez años tras las rejas. Sin embargo, nunca regresó para cumplir su condena.

SEGUNDA PARTE

BUENOS AIRES, 1880

Poco quedaba de la ciudad que conocieron los padres fundadores de 1810, con su vida apacible, el puerto imberbe y las torres de las iglesias destacándose en su simple silueta. Setenta años de transformaciones habían dejado su impronta, pero fue, sin duda, el auge demográfico impulsado por las oleadas de inmigrantes llegados en cientos de barcos lo que marcó la transformación más profunda, revolucionando tanto las costumbres como la fisonomía de la metrópoli. En 1880, se revelaba una nueva Buenos Aires, gestada en los puertos de Cádiz y Génova, de Le Havre y Southampton, de Hamburgo y Nápoles.

En medio de la vorágine de cambios que sacudía a la pujante ciudad, tuvo lugar un suceso trascendental: se consagró como la Capital Federal de la República Argentina. Esta conversión significó mucho más que una mera modificación en el esquema político. Representaba una reorganización administrativa y generaba una necesidad imperiosa: la de una fuerza policial bajo su propio mando.

El presidente Julio A. Roca, en la plenitud de sus treinta y siete primaveras, creó la Policía de la Capital. El mando, cargado de frescura y ambición, fue confiado a Marcos Paz, quien compartía no solo la edad con Roca, sino también lazos de sangre, pues eran primos hermanos.

Paz, un personaje notable, soltero, de grata primera impresión, distinguido y generoso, atraía la curiosidad y la admiración de quien lo conocía. De estatura media y contextura robusta, enmarcaba su rostro una tupida cabellera castaña peinada hacia atrás que descubría una frente amplia. Sus ojos marrones, serenos y reflexivos, venían acompañados de unas ojeras que le daban una apariencia de constante fatiga. El flamante jefe de Policía, que usaba bigote tupido y barba recortada, era hijo de un exvicepresidente, había servido como legislador en la provincia de Buenos Aires y ocupado el cargo de subsecretario del Ministerio de Justicia, posición que dejó para asumir su nuevo rol. El 9 de diciembre, al ser notificado de su nombramiento, redactó una carta de aceptación al ministro del Interior, en la que decía, entre otras cosas:

> Infiero que estoy habilitado para desempeñar el cargo que se me confía con la imparcialidad inalterable que reclama su índole y su fin social; y que la policía investirá su carácter propio de institución esencialmente civil y exclusivamente dedicada a velar por la vida, por la seguridad y por la propiedad de todos los habitantes, sin distinción de colores políticos.
>
> El jefe de Policía de la Capital de la Nación no debe tener más enemigos que los enemigos del orden y de la sociedad, y la policía a mi cargo no tendrá otros.

La relación entre los uniformados y la ciudadanía se había resquebrajado luego de décadas en las que la fuerza pública respondía al caudillo político de turno. A Marcos Paz le tocaba la compleja misión de reconciliarlos, y es por eso que quiso recalcar que su tarea sería más moral que intelectual.

Al alba del 19 de diciembre comenzó su mandato, marcando el inicio de una era de cambio. Aun con escasos recursos y un presupuesto ajustado, se las ingenió para lograr cierto grado de profesionalismo. Transformó las comisarías, dotándolas de modernos telégrafos. Inauguró salas de autopsias e incluso fundó una escuela para alfabetizar a los vigilantes sin instrucción. «El joven honrado», como la prensa de la época lo llamaba, estableció estrictas reglas de conducta. Por ejemplo, durante las horas de servicio los policías no podían tutearse ni siquiera con hermanos o amigos. Tenían prohibido aceptar dádivas y de ninguna manera podían pedir fiado en los comercios del vecindario en el que actuaban. Quería que la gente respetara a la policía; para lograrlo, sus subordinados tenían que ganarse ese respeto con acciones positivas.

Pese a su juventud, Paz llevaba el peso de su responsabilidad con una madurez notable. La fuerza policial que tuvo el honor de comandar contaba con poco más de mil efectivos. Veinte comisarios, mayormente jóvenes, se distribuían por la ciudad; otros tres, asignados a los mercados y el puerto. También actuaba un comisario inspector, responsable de supervisar la calidad del servicio en cada una de las veinte seccionales.

La cúpula se completaba con el asesor letrado Federico Pinedo, quien, con treinta y un años, irradiaba el fervor que requería el proyecto. Junto a él, Enrique García Merou, la promesa del mañana, asumía el papel de secretario del departamento, o subjefe, con treinta años, demostrando que la juventud era un bien preciado en esa nueva era.

La Policía de la Capital inició su labor diaria en la prevención del delito. Su variada agenda cotidiana la llevó a ocuparse desde hurtos en el tranvía hasta crímenes resonantes, sin desatender las estafas callejeras, el secuestro de caballos perdidos o abandonados en la vía pública, el combate contra el juego ilícito y asaltos a comercios, entre muchos otros temas. El ojo crítico de la sociedad vigilaba las acciones de la nueva agrupación, con atención especial a los modos, la capacidad y, sobre todo, a los resultados.

El afable y generoso jefe Paz se erigió como la figura central en el combate al crimen y la corrupción. Con una misión descomunal ante sí, estaba listo para escribir un capítulo diferente en la historia policial de Buenos Aires. Inspirándose en los modelos de los colegas europeos, aspiraba a elevar el nivel de la institución. Era él quien observaba, como el mejor alumno, la acción en las grandes capitales. Sin embargo, los roles se invertirían por un evento inaudito y complejo que capturaría la atención mundial, poniendo a prueba la habilidad y determinación de Paz y sus resueltos comisarios.

LOS ARGENTINOS NO SON CONFIABLES

En 1875, Alphonse Kerckhove desembarcó en Buenos Aires. Traía consigo el propósito de dejar atrás un pasado sombrío en Bélgica. Aunque resignó ciertos excesos, no abandonó todos los lujos de su clase social. Su porte señorial y el dominio del francés —más prestigioso comercialmente que el inglés en aquellos días— le sirvieron para posicionarse. Se convirtió en un respetado corredor de una variada gama de mercaderías, con un enfoque especial en las drogas. Su hermano Vincent le enviaba remesas desde Europa: píldoras, medicamentos, betún, armas, etc. El menú era variado. Una parte la consignaba mientras que, con el encanto de su acento español afrancesado y su esmero por la pulcritud, conservaba las drogas que él mismo ofrecía en farmacias y boticas. Ya no era Alphonse de Kerckhove a secas, sino que también quiso asumir una nueva identidad e incorporó el apellido materno, Peñaranda, que informalmente terminó convirtiéndose en el principal.

Asentado en Buenos Aires, en 1880 contrajo matrimonio con Carmen Pizarro, agraciada andaluza, en la flor de sus diecisiete años, cuya presencia colmaba de felicidad sus días. Junto a la madre de Carmen formaron un hogar. Peñaranda no renunciaba a ciertas costumbres heredadas de su pasado noble y, por eso, contaba con los servicios preferenciales de José Antonio Kadour, un inmigrante argelino que hacía las veces de secretario del belga y mucamo de la casa. La grata noticia a principios de 1881 fue que Carmencita, como Alphonse llamaba cariñosamente a su esposa, estaba embarazada. La no tan buena era que, a pesar de que el próspero negocio de la importación le proporcionaba cierta estabilidad financiera, el mundo de comodidades del hijo del vizconde se desvanecía. Porque a pesar de la estabilidad que le brindaba su negocio de importación, la pasión de Peñaranda por el juego comenzaba a socavar su fortuna, una lucha que reflejaba la vulnerabilidad de muchos inmigrantes de la época. Esa falta de estabilidad hizo que el capital robado a su tío empezara a escasear. Fue entonces cuando tomó la decisión de regresar al oscuro terreno del delito y del dinero mal habido.

El invierno de 1880 había marcado un encuentro decisivo. En una sencilla reunión social, Alphonse Kerckhove de Peñaranda conoció a Florentino Muñiz, el socio perfecto para sus futuras empresas. Congeniaron de inmediato, y el belga le pidió que se ocupara de tramitar la venta del betún y las armas que le enviaba Vincent.

Muñiz, oriundo de España y con el bagaje de sus cuarenta y siete años, acumulaba diecisiete residiendo en el país. La disparidad en sus aspectos físicos era notable. Alphonse, esbelto, rubio de ojos saltones azules, lucía una barba extremadamente prolija y vestía ropa impecable. Florentino, en cambio, era de baja talla, pelo grueso oscuro y su vestuario, muy simple. A su vez, el belga emanaba juventud; en contraste, el español mostraba signos de madurez, con sus tupidas patillas, ya teñidas de gris por el efecto de las primeras y segundas canas. Pero el contraste iba más allá de lo físico. A diferencia de lo que ocurrió con Kerckhove, la llegada de Muñiz fue más acorde a la del promedio: arribo al Hotel de Inmigrantes, con platos de comida gratis más alojamiento por unas pocas noches, el tiempo necesario para conseguir un trabajo, una vocación o un destino. Aunque Muñiz pudo haber considerado la ciudad portuaria como una mera escala antes de continuar hacia la región cuyana, al litoral o al promisorio norte argentino, optó por quedarse en Buenos Aires.

El español desarrolló cierta habilidad para la fotografía, dedicándose a retratar familias durante diez años. Contrajo matrimonio con Dominga González y fueron padres de seis varones.

Más adelante se involucró en asuntos de la política local, lo que le procuró buenas relaciones, pero también algunos sinsabores. En 1875, estuvo en prisión una temporada, condenado por su participación en un intento revolucionario fallido. En 1877, fue arrestado durante una investigación por falsificación de billetes de veinte pesos, aunque poco o nada pudo probarse. Este último incidente lo alejó de su profesión como retratista, término que en esa época se usaba para referirse a los fotógrafos.

Mientras su marido fluctuaba en los altibajos de la fortuna, Dominga se esforzaba por equilibrar la demanda de los seis niños con diversos trabajos caseros de costura. A finales de 1880, Florentino abandonó el hogar. Se mudó a una pensión en la calle México, en la zona sur de la ciudad. A través de contactos políticos obtuvo un empleo en un escritorio que administraba una casa de subastas más una imprenta.

El denominador común entre estos dos hombres era la ambición y la audaz idea de tomar atajos. Peñaranda encontró en Muñiz al mentor que lo aconsejaba y lo mantenía con los pies en la tierra. Florentino veía en el belga a un joven cargado de energía, elegante, coqueto y refinado, a quien podría moldear para alcanzar lo que él aún no había logrado.

Después de varias conversaciones en el hogar de Alphonse, fue tomando forma una idea nueva e inspiradora. Aquella amistad comercial se transformó en una alianza para emprender, en los márgenes de la ley, una gran hermandad delictiva que desafiaría el orden en Buenos Aires. Durante el intercambio de opiniones para ir perfilando las características del peculiar grupo, el español fue terminante: no quería argentinos en la sociedad. «No son confiables», aseguró, basado en su experiencia durante la fallida conspiración del 75. Solo se aceptaban «extranjeros», según la denominación que se daba a los inmigrantes en esos años.

Establecieron una división de roles fundamental: Alphonse se encargaría de reclutar a los primeros miembros, mientras que Florentino siempre, pase lo que pase, permanecería fuera del radar. Esto permitiría que, en caso de cualquier percance, Muñiz pudiera actuar desde las sombras para auxiliar a su socio.

La banda necesitaba un nombre y fue el belga quien lo sugirió, a partir de un libro que había leído: *Les chevaliers de la nuit*. Así nació, en mayo de 1881, casi a la par de la pequeña María Luisa Kerckhove de Peñaranda, la sociedad de Los Caballeros de la Noche.

LOS TRECE MANDAMIENTOS

En las sombras de Buenos Aires emergía una fraternidad envuelta en el más profundo secreto. Los Caballeros de la Noche no eran simples delincuentes. Eran artistas de la clandestinidad que cometerían delitos bajo el velo de la noche, manteniendo, en el transcurso del día, la fachada de laboriosos inmigrantes.

Su primer acuerdo: el compromiso de no revelar las identidades de los integrantes. De esta manera, el anonimato blindaría al grupo contra posibles traiciones. Pero antes de lanzarse a las aguas turbias de sus ambiciones ilícitas era crucial forjar un código, un conjunto de principios que fuese la columna vertebral de la organización y garantizara el orden interno. Durante las primeras reuniones en la residencia del belga y en bares dieron forma a un estatuto que delinearía las normas de conducta de su hermandad. Los trece puntos que acordaron fueron:

1. Eres libre de someterte o no al cumplimiento de una orden del Consejo Supremo, siempre que dicha orden no sea terminante, lo que suele suceder en ciertas circuns-

tancias. En este caso, denegación o mala voluntad de tu parte se castigará en debida forma.

2. Eres libre de pedir tu baja cuando quieras y mientras no estés desempeñando algún cargo, mandato u orden del Consejo Supremo.
3. Si aceptas o te comprometes a cumplir una orden, lo harás siempre lo más exactamente y puntualmente posible, sin escudriñar en nada ni por nada los designios o intentos secretos del poder que manda.
4. Cuando puedas y tus ocupaciones te lo permitan, tendrás siempre sumo interés en aceptar dichas órdenes y cumplir con ellas. Del fiel cumplimiento dependerá tu adelantamiento y tu mayor participación en los beneficios de la asociación.
5. Si quieres inducir a alguien a entrar en la asociación, avisarás al Consejo Supremo, dando el nombre del interesado.
6. El individuo que quiera afiliarse se dirigirá al Consejo Supremo, manifestando su deseo por medio de un escrito firmado de su mano.
7. En la asociación Los Caballeros de la Noche entrarán solamente los extranjeros.
8. Callar siempre con quien tienes que callar y lo que tienes que callar. Misterio, secreto y silencio, en todo, por todo y con todos. Por consiguiente, te es formalmente prohibido divulgar o hacer conocer a nadie, y bajo ningún pretexto que sea, el nombre del afiliado que te hizo entrar en la asociación. Te es formalmente prohibido comunicar o divulgar las órdenes, mandatos o encargos que recibas del Consejo Supremo; y eso tanto antes, como mientras o después de su cumplimiento y por más

insignificantes que sean. Crudo y terrible castigo alcanzará tarde o temprano el contraventor a estas disposiciones, base y fuerza de la asociación.

9. Luego de que casualmente tuvieras conocimiento de que un afiliado haya contravenido o violado dichas disposiciones, tu deber es de avisar en el acto secretamente al Consejo Supremo, que sabrá recompensarte como lo mereces.
10. También es un deber para ti, si tienes a pecho tus intereses, y con los tuyos los de la asociación, avisar al Consejo Supremo si tuvieses conocimiento de alguna maldad, cobardía, indiscreción o imprudencia de parte de algún afiliado.
11. El diploma o atestiguación de tu incorporación a esta asociación y las presentes advertencias las guardarás lo más cuidadosamente y secretamente posible. Solo las enseñarás a quien conoces perfectamente, de quien eres del todo seguro, o bien juzgas bastante apto y hábil, y te manifieste un verdadero deseo de entrar en la asociación.
12. Devolverás tu diploma al Consejo Supremo cada tres meses, a principiar de la fecha de tu inscripción, y cada vez que dicho Consejo así lo juzgue conveniente y te lo ordene. Dicho diploma será devuelto enseguida.
13. Todos los demás papeles, circulares, órdenes, mandatos, etc. los guardarás cuidadosamente, pronto en devolverlos íntegros cuando el Consejo Supremo así te lo mande.

El reglamento iba acompañado de una serie de máximas apiladas para los aspirantes al título de Caballero de la Noche. Entre ellas: «El que obedece camina sobre hombros ajenos». «Todo lo miras ahora con asombro, todo lo verás un día, si lo mereces, transparente y claro». «Tu victoria, cual licor que el sol refina, se transformará para ti en oro y plata fina, en goces inagotables», etc.

Los candidatos tenían que llenar una solicitud, respondiendo las siguientes preguntas:

> ¿Cuál es tu nombre y apellido?
> ¿Y nacionalidad?
> ¿Dónde vives o cuál es tu domicilio?
> ¿Qué edad tienes?
> ¿Eres casado o no?
> ¿Cuál es el idioma o los idiomas que sabes hablar?
> ¿Cuál es el oficio o los oficios que sabes o en qué sobresales?
> ¿En qué trabajas ahora?
> ¿Estás empleado o no, y en qué cosa?

En la creación de este código oculto, el Consejo Supremo —Muñiz, con su astucia política, y Kerckhove de Peñaranda, con su refinamiento y visión artística— combinó sus fortalezas para dar el marco adecuado a la sociedad. Además del estatuto, diseñaron diplomas distintivos para los integrantes. También mandaron hacer sellos exclusivos de la agrupación y tomaron una casilla de correo en el edificio postal. Esto permitiría centralizar la correspondencia y resguardar la privacidad de sus domicilios.

Alphonse, con un ojo para el detalle y un sentido de pertenencia arraigado en su herencia aristocrática, diseñó sellos que eran verdaderas obras de arte clandestinas. Desde el rombo presente en el escudo de armas de los Kerckhove, con un alacrán aferrado a un talón más una flor de seis pétalos, hasta el búho con capa, emblemas de noche y caballero, respectivamente. Las inscripciones en latín presentes en los sellos —*Ictum est foedus* («El pacto ha sido sellado»), *Nemo me impune lacessit* («Nadie me provoca impunemente») y *Tacere obedire vincere* («Calla, obedece, vence»)— hablaban del mandato que recibirían los subordinados. La sentencia «El pacto ha sido sellado» tenía mayor gravitancia que las otras, pues encabezaba el estatuto y cada diploma.

Se sumó uno, simple, con la calavera y las dos tibias cruzadas que simbolizaban la muerte, estampado en los estatutos, junto al octavo punto: «Crudo y terrible castigo alcanzará tarde o temprano el contraventor a estas disposiciones». Un último sello, presente en estos papeles y en la correspondencia, eran las iniciales C de caballeros y N de noche, entrecruzadas.

Los socios invirtieron un mes en la organización de los asuntos administrativos. Completados estos ajustes, se enfocaron en la admisión de miembros. Dada la naturaleza clandestina de la sociedad, Alphonse y Florentino se vieron obligados a proponer los primeros candidatos. Los escogieron entre aquellos más cercanos a su círculo íntimo. Un mozo de café y un sastre, figuras corrientes en el día, pero posibles Caballeros de la Noche en la oscuridad, encabezaban la lista de los primeros llamados a entrar en la leyenda.

MOCOSOS LAMPIÑOS

En el corazón de Buenos Aires, en un café frecuentado por almas errantes y soñadores, Kerckhove de Peñaranda posó su mirada en Patricio Abadie, conocido cariñosamente como el Gaité, por su constante alegría. Este joven francés de veintidós años, que lucía cabellos dorados, estatura modesta y hombros anchos, más una nariz larga que dominaba su rostro, adornada por un lunar, había llegado al país en 1878, junto con su hermana Elena. Sus clientes destacaban el carácter jovial de Patricio, siempre bien dispuesto a regalar una sonrisa y derrochar optimismo. Cuando Peñaranda le reveló que había sido recomendado por un amigo anónimo para unirse a Los Caballeros de la Noche, una organización con objetivos menos nobles de los que su nombre sugería, Abadie aceptó gustoso. Lo sedujo la idea de pertenecer a una vasta red de camaradas, aunque aclaró que no estaba dispuesto a comprometerse en acciones de peligro.

El belga reconoció que podrían surgir circunstancias violentas, pero serían otros quienes se encargarían de llevarlas adelante. En consecuencia, el Gaité realizaría tareas esenciales pero manteniéndose alejado de situaciones que involucraran riesgo físico.

Abadie estaba convencido de que se sumaba a una banda numerosa, ya que la identificación plasmada en su diploma indicaba la cifra 4.007. Sin embargo, era la única incorporación real. Se trataba de un ardid concebido para ocultar la verdadera escasez de miembros. Los jefes establecieron que la serie comenzaría por 4.007 y continuaría con 4.014, 4.021, 4.028, etc., saltando de siete en siete.

Para los socios fundadores, tenía además la ventaja de preservar las identidades: todos los integrantes se reconocían entre sí por números en lugar de por sus nombres.

Con la identificación 4.007 en su poder, el Gaité Abadie no tardó en recomendar a un joven conocido suyo, acción que marcaría el comienzo de su influencia en la creciente asociación. El 4.014 se otorgó, entonces, a Francisco Desalvo, quien poco antes había celebrado sus dieciocho años y había llegado con sus padres desde Italia cuando tenía once. Aún vivía con ellos y trabajaba como aprendiz de sastre. Con habilidad, Peñaranda logró persuadir al joven, aunque omitió precisiones que podrían haberlo alertado sobre las responsabilidades que estaba asumiendo.

Las dos incorporaciones no fueron vistas con buenos ojos por Florentino Muñiz, quien calificó a Desalvo y Abadie de «mocosos lampiños». El socio valoraba la experiencia sobre la juventud y sugirió reclutar a Ángel Defeo, José Paggi y Manolo el Andaluz, cada uno con un pasado tan colorido como inquietante. Con el primero, actuó en la rebelión de 1875. A los otros dos se los presentó su compañero de cuarto en el inquilinato, quien los había tratado en la cárcel de Palermo. Los ideólogos de la sociedad acordaron superar la discusión reciente y decidieron que Muñiz se ocuparía de proporcionar al belga las direcciones de los candidatos. Un par de días después, con las aguas más calmas, Peñaranda identificó una oportunidad que, a pesar de encontrarse muy cerca, había pasado desapercibida hasta entonces: su propio mucamo argelino, José Antonio Kadour, quien, con veintisiete años, elevaría la media de edad de los integrantes de la banda.

De las cualidades que Peñaranda apreciaba en Kadour, se destacaba su dominio del francés, idioma predominante en las principales ciudades de Argelia. Cuando la asociación se gestó, la relación laboral entre el noble belga y el inmigrante del norte de África llevaba poco tiempo. Antes, Kadour —o Kaddour, según la grafía correcta de su apellido— había trabajado en la barraca de los señores Videla, donde obtuvo referencias favorables y era reconocido con simpatía como el Africano. De naturaleza discreta y reservada, se manejaba medianamente en español aunque le costaba comprender textos escritos en ese idioma.

Si bien el argelino asistía los siete días de la semana a la casa de los Peñaranda, regresaba todas las noches a su modesto hogar. Vivía con su joven esposa, lavandera, y sus hijos en una pensión situada en la frontera de los barrios de San Telmo y La Boca, al pie de la barranca y el parque donde residía el respetable vecino Gregorio Lezama.

Kadour realizaba trámites y mandados. Su labor era mal remunerada, pero le proporcionaba experiencia, condimento necesario para avanzar por el único camino que conocía: el del trabajo constante. Cuando Peñaranda le propuso unirse a la sociedad de Los Caballeros de la Noche, omitió informarle debidamente de qué se trataba. Los objetivos tampoco quedaban claros en los documentos que le entregó al Africano con el estatuto, redactados en español y vagos en cuanto a sus fines últimos.

Como todo aquel empleado que no desea contradecir a su patrón, Kadour aceptó participar. A pesar de ello, su rutina laboral continuaba sin cambios significativos, cumpliendo con los encargos de Peñaranda; estos estaban lejos de parecer actos ilícitos.

Un belga, un español, un italiano, un francés y un argelino. La sociedad de Los Caballeros de la Noche comenzaba a tomar forma, todavía lejos de la mirada de la autoridad que en esos primeros meses de vida institucional atendía numerosos asuntos. La resolución de algunos casos policiales, convenientemente difundidos por la prensa, fueron la base en que se cimentó el prestigio de los hombres de Marcos Paz, el adversario a vencer por la banda en formación.

EL RELOJ DEL MINISTRO

Desde que entró en funciones, la policía de Marcos Paz mostró cercanía con la población. Era notoria la actitud servicial de los agentes en la calle y la seriedad con que trabajaban. El objetivo gubernamental de forjar una fuerza que rivalizara en profesionalismo y efectividad con las más renombradas iba bien encaminado. Paz dedicaba horas de su descanso al estudio de los sistemas policiales de las principales ciudades del mundo. Admiraba el estilo profesional de sus pares ingleses y su efectividad para investigar y esclarecer hechos delictivos.

En sus filas, dos comisarios, José Cueto e Isidoro Acevedo, lograron resolver un caso que habían heredado: el robo a la sastrería Los Tres Mosqueteros, en octubre de 1880. Otro de sus hombres, Pablo Tasso, trabajó día y noche hasta acomodar las piezas y descubrir que un inmigrante, Juan San Martín, no murió de viruela, sino que había sido envenenado por su esposa y el amante de la señora.

Tras las escuetas pero efectivas menciones de los sucesos policiales en los periódicos se ocultaba una labor minuciosa y paciente, supervisada por el jefe de la institución. Algunos delitos resonaban más que otros, por la notoriedad de las víctimas. Fue el caso del ministro Benjamín Victorica, a quien se le sustrajo el reloj de bolsillo cuando se dirigía en tranvía a su despacho en la Casa de Gobierno. Al bajar se percató del robo y decidió no denunciarlo porque no tenía información de valor para aportar a la pesquisa. Sin embargo, lo comentó en la peluquería y su relato fue escuchado accidentalmente por el comisario Baldomero Cernadas, quien alertó a Marcos Paz. El jefe impartió órdenes para que rastrearan al delincuente. Pocos días después, un investigador de la institución se presentó en el escritorio del ministro y le entregó el reloj recuperado.

Este tipo de acciones eran recibidas con beneplácito por la sociedad. La implacable acción policial venía respaldada por leyes inflexibles y jueces intransigentes. En abril, tras una intensa persecución a pie por las calles del centro porteño, Enrique Gómez, un joven argentino en la cúspide de sus veintiséis años, fue detenido y cumplió veinticuatro meses tras las rejas por violación de domicilio, robo de ropa e intento de disparar un arma de fuego a un policía.

Incidentes como el mencionado pusieron de manifiesto la necesidad de mejorar la eficacia de los agentes y reforzar su seguridad. En mayo, mientras los Caballeros de la Noche conformaban su equipo, el jefe Paz encargó a los comisarios Tasso, Santos Aráuz y Agustín «el Colorado» Suffern la elaboración de un manual de *Instrucciones para sargentos, cabos y vigilantes*. En pocas semanas presentaron un completo compendio de acciones para el procedimiento policial en situaciones de incidentes o detenciones. Además, detallaba los «toques de pito», un sistema de silbatos adoptado del modelo inglés que estaba dando buenos resultados. Según el sonido emitido, ya fuera un toque corto, dos toques, uno largo, etc., el vigilante comunicaba a los camaradas su ubicación o solicitaba asistencia, indicando si se trataba de una emergencia, un incendio, un robo o un crimen.

Otro caso acaparó la atención al involucrar a una personalidad destacada. El 17 de junio, robaron una considerable cantidad de objetos del hogar de Julio Victorica, hermano del ministro protagonista del hurto del reloj. Paz designó al comisario Tasso, quien luego de intensa labor logró dar con los ladrones, un caballero en complicidad con una dama.

Tasso, el más joven de los comisarios, con veintisiete años, combinaba fuerza física con una notable capacidad para mantener la calma y el control en situaciones potencialmente peligrosas. A diferencia de sus colegas, que preferían actuar con cautela, el accionar del titular de la seccional de la Recoleta solía ser poco discreto. Esa particularidad era bien recibida por los cronistas policiales que, gracias al estilo espectacular de Tasso, generaban atractivos textos para sus columnas. En el caso Victorica, el resultado de la pesquisa llevada adelante por Tasso superó las expectativas, ya que los delincuentes atesoraban botines de otros atracos. El principal responsable fue detenido el 11 de julio. Diez días después de la resolución del robo, se anunció el compromiso de Marcos Paz y Cruz Victorica Urquiza, con veintitrés abriles en su espalda, hija del ministro del reloj, sobrina del segundo damnificado y además nieta del expresidente Justo José de Urquiza. Felizmente, los encuentros con los Victorica, que habían comenzado debido a estrictas cuestiones policiales, derivaron hacia los asuntos del corazón y la pareja fijó fecha para casarse al año siguiente.

MICHELANGE, DEFEO, MORIS, PAGGI

Patricio Abadie atrajo a otro mozo francés, Pablo Michelange, de juveniles veintitrés años, a quien previno acerca del verdadero objeto de la sociedad. Michelange, quien solía quejarse del magro sueldo que recibía por sus servicios en la fonda de Milán, respondió que no solo no tenía problemas en asumir riesgos, sino que estaba decidido a todo y dispuesto a que lo pusieran donde había más peligro.

Dos días después de haber llenado su solicitud, recibió el diploma con sello lacrado que anunciaba: «El Consejo Supremo y el secretario, por la presente, atestiguamos que el señor Pablo Michelange hace parte de nuestra asociación denominada Los Caballeros de la Noche, y que, como afiliado de dicha asociación, su nombre fue consignado debidamente en el registro de nuestra sección cuarta».

En cuanto a las sugerencias de Florentino Muñiz, el cigarrero napolitano Ángel Defeo resultó ser el primero en unirse a la organización, aunque su participación fue breve. No obstante, dejó una huella significativa en la historia de la banda por dos razones destacadas: fue el responsable de gestionar la primera casilla de correo de los Caballeros y también sugirió a un candidato que, según él, reunía las cualidades necesarias para integrarse al grupo: Francesco Moris. Este inmigrante napolitano se ganaba la vida vendiendo baratijas en la calle. Las carencias de su economía eran evidentes. Tanto que Francesco y Alphonse se entendieron de inmediato y la banda acogió a un nuevo integrante, el de mayor edad entre ellos, con treinta y ocho años a cuestas, un veterano entre jóvenes soñadores, sin contar al líder en las sombras, ya que Muñiz tenía cuarenta y siete.

A su vez, el socio español logró que otro posible Caballero lo visitara en su oficina. José Paggi, un italiano experimentado en asuntos burocráticos que se desempeñaba como gestor, acudió a la reunión. Manteniendo la postura de no exponerse, en ningún momento Muñiz consideró hablarle de la organización que estaba conformándose. Su único objetivo era averiguar su domicilio para que Peñaranda gestionara su ingreso. Precisamente, aprovechó la oportunidad mientras conversaban sobre trámites banales.

Las circunstancias que habían llevado a Paggi a la cárcel se relacionaban con el crimen de su cuñada Gabina González en 1873. La víctima, de dieciocho años y viuda de un hermano del italiano, había heredado tres propiedades que le dejó la señora que la crio. Gabina, con problemas mentales, vivía con sus cuñados Paggi. Harta del maltrato de sus hermanos políticos, huyó. Una semana después, José y Rosa Paggi la visitaron en la casa donde había buscado refugio y Rosa le dio a probar una pera en almíbar. Gabina murió envenenada esa tarde. Las pruebas eran contundentes y condenaron a los hermanos. Cuando la sentencia fue confirmada en segunda instancia, el doctor Victorino de la Plaza tomó la defensa de José. El abogado oriundo de la ciudad de Salta presentó un detallado alegato que condujo a que la Corte Suprema dictaminara la absolución del condenado. Los cien mil pesos de honorarios que cobró De la Plaza se obtuvieron mediante la venta de una de las propiedades de Gabina, dado que José Paggi fue reconocido como su heredero.

La pesadilla quedó en un rincón profundo de su memoria. El italiano se ganaba la vida haciendo trámites y bajó la guardia ante las tentaciones de la codicia. Por eso, no prestó debida atención al momento en que Muñiz anotó «Tacuarí 346» en la manga de su propia camisa.

El español pasó el dato a su socio Peñaranda y este a su vez instruyó a Kadour para que se ocupara de asociarlo.

Justo en medio de estos planes de expansión, los Peñaranda encontraban razones para celebrar: el 22 de mayo, Alphonse cumplió veintisiete años. Ese mismo día nació su hija, María Luisa. Este contraste entre la vida privada y las ambiciones de la organización se reflejaba en la misión de Kadour, quien acudió a la casa de la calle Tacuarí. Le explicó a Paggi que Los Caballeros de la Noche era una asociación internacional que le pagaría veinte pesos diarios para sus necesidades y otros tres mil pesos por cada socio que lograra reclutar. Le aseguró que en la organización había otros gestores y también abogados, todas personas adineradas. Logró convencerlo, a pesar de los reparos de su esposa, que no quería nuevas complicaciones.

Apenas cinco días transcurrieron desde que llegó el diploma a su hogar cuando se le instruyó acerca del primer encargo: traducir la siguiente frase al italiano: «Mándame las dos espadas y te devolveré los quince revólveres». Paggi resolvió la sencilla traducción y la despachó a la casilla de correo de los delincuentes.

La banda de los ladrones nocturnos estaba creciendo y esto los condujo naturalmente a concentrarse en su primer objetivo, aquel que les posibilitaría hacerse de buen dinero y presentarse en sociedad.

LEONORCITA Y MARÍA LUISA

De la veintena de comisarios que se encontraban bajo las órdenes de Marcos Paz, Isidoro Acevedo se destacaba no solo por su experiencia sino también por su inclinación hacia el conservadurismo, marcando un contraste palpable con el joven Pablo Tasso, cuya predilección por lo espectacular era inseparable de su esencia.

Acevedo nació en la ribera de San Nicolás de los Arroyos, distante doscientos cuarenta kilómetros de Buenos Aires, y vivió su juventud en la tumultuosa década de 1840, una época en la que su familia sintió el rigor de las milicias parapoliciales de Juan Manuel de Rosas.

La historia de su familia estaba entrelazada con la de la nación. Su tío abuelo, Francisco Narciso de Laprida, había presidido el Congreso en el día más trascendental de la historia argentina, y su suegro fue el legendario coronel Isidoro Suárez, discípulo del general San Martín.

Pero el comisario no necesitaba laureles ajenos. Su carácter íntegro y su hombría de bien le habían granjeado relaciones privilegiadas, acercándolo a figuras como Adolfo Alsina y Domingo F. Sarmiento, cuya imitación hacía con un humor que encantaba a sus contemporáneos. Su vínculo con el presidente Nicolás Avellaneda era tan estrecho que rozaba la fraternidad. Personalidades de la talla de Carlos Pellegrini y su antagonista Leandro Alem también formaban parte de su círculo íntimo.

Entre el tapiz de recuerdos y anécdotas compartidas con figuras estelares del pasado argentino, Isidoro Acevedo guardaba una historia que, al ser narrada, capturaba invariablemente la atención y admiración de quienes lo escuchaban. Durante una reunión con la élite intelectual y política de Buenos Aires, un intento de agresión hacia Sarmiento puso a prueba la astucia y reflejos de Acevedo. Un moreno de imponente presencia buscó cambiar el curso de la vida institucional del país al intentar desplomar un espejo de considerable tamaño sobre el entonces presidente de la nación. Con un movimiento tan ágil y rápido como decidido, Acevedo se interpuso, salvando al sanjuanino de un destino incierto. Este acto se convirtió en un símbolo de su lealtad y valentía, aspectos que definían su carácter tanto en lo público como en lo privado.

Con sus amigos, Acevedo compartía las horas de diversión en el Café San Martín, de la calle Cangallo, donde repartían el tiempo entre el mus, el truco y el billar. Su familia no se quedaba atrás en materia social, muy afecta a las visitas, encuentros de té y otros festejos.

Aun así, los Acevedo contaban con su propio remanso. Habitaban una residencia señorial en Tucumán y Suipacha, donde había nacido Leonor. En aquellos tiempos de puertas abiertas, el patio de la casa del comisario era, para los transeúntes, un espectáculo de fragancias y colores. En septiembre y octubre, los macetones de madera pintados de verde se inundaban de jazmines en flor que, combinados con el aroma a tierra húmeda por el riego de la tardecita, evocaba a las quintas de antaño. El centro del envidiado ambiente exterior era un ajedrez infinito de mármoles blancos y negros que conducía al segundo patio, donde reinaban una madreselva y el aljibe más requerido del barrio. Al mediodía los vecinos concurrían a la casa de los Acevedo en busca de la mejor agua cristalina, resultado de la constante labor de una tortuga que, en el fondo del pozo, engullía hasta el más insignificante bichito.

No solo el aljibe era materia de conversación en el vecindario. Quienes trataban al comisario ponderaban su apreciado reloj de bolsillo, marca Losada, que tenía una particularidad mecánica: para darle cuerda, utilizaba una pequeña llave. Además, su duración más extensa que los comunes era entendida como un confortable logro tecnológico. En la tapa había puesto el retrato de Leonorcita, su única hija.

La concepción había tomado por sorpresa al matrimonio y también a Mama Rita, la mulata cocinera, hija de esclavos, que servía en la casa desde antes que la pareja se conociera. Leonor Suárez e Isidoro Acevedo habían celebrado el decimocuarto aniversario de casados, él tenía cuarenta y ocho años, ella treinta y nueve, y pensaban que se había pasado el tiempo de incorporar un vástago a la familia. Pero Leonorcita llenó de alegría la casa, y se convirtió en la mimada de su padre. Lamentablemente, mientras que doña Leonor abandonó la actividad social para dedicarse a la criatura, el comisario no podía gozar de los llantos, risas y torpezas de la pequeña.

La comisaría Tercera, con un personal de ciento siete hombres divididos en tres turnos de ocho horas, abarcaba cuarenta manzanas céntricas y una población estable de dieciséis mil quinientos habitantes. Cada vigilante de guardia era responsable de dos manzanas de la jurisdicción. Acevedo reclamaba al jefe Paz una mayor cantidad de efectivos para controlar los cuatro teatros, dos café concert, veintiún restaurantes, veintinueve confiterías, treinta y cuatro fondas y cincuenta y tres cafés, además de los mil doscientos comercios que debía proteger.

Aun frente a tamaña responsabilidad, que lo llevaba a dedicar muchas más horas a su empleo, el comisario Acevedo encontró el tiempo suficiente, en el verano de 1881, durante unas cortas vacaciones en el pueblo de Flores, para ocuparse de un asunto muy íntimo y reconfortante.

Leonorcita, con apenas cuatro años de edad, miraba el mundo con ojos curiosos, herencia sin duda de las generaciones que la precedieron. El comisario, un hombre de vasta educación y experiencia, decidió convertirse en maestro de su hija.

Cada tarde, cuando el sol comenzaba su descenso, se sentaban en la galería de la casona veraniega. La luz dorada del atardecer se filtraba a través del parral, bañando el corredor con un resplandor suave.

Acevedo comenzó con *Anagnosia*, el libro más popular para iniciados, que empleaba el sistema de sílabas. Con paciencia y dedicación, guiaba el dedo de su hija a lo largo de los vocablos, pronunciándolos claramente y animándola a repetirlos.

La niña observaba, muy atenta, moviendo sus pequeños labios en silencio mientras intentaba formar las voces. Este ritual diario se convirtió en un momento de conexión profunda entre padre e hija. En la enseñanza paternal, Leonorcita no solo aprendía a descifrar letras y palabras; también absorbía la importancia de la perseverancia y el valor del conocimiento.

Isidoro Acevedo, un hombre que había enfrentado innumerables desafíos en su vida, descubrió en la sencillez de estos instantes una satisfacción intensa y profunda: la certeza de que el legado familiar continuaría por la buena senda.

En una realidad paralela, Alphonse Kerckhove de Peñaranda, el líder de Los Caballeros de la Noche, veía en María Luisa, su hija recién nacida, un reflejo de las mismas aspiraciones y miedos que Acevedo depositaba en Leonorcita. A pesar de que sus vidas transcurrían en caminos diametralmente opuestos, la conexión entre ambos padres residía en el anhelo compartido de legar un futuro más auspicioso a sus hijas. Peñaranda —al igual que Acevedo con su niña— encontraba en María Luisa la posibilidad de redención y la promesa de un legado que trascendiera sus propias acciones. Este vínculo invisible entre un comisario y un criminal a través del amor por sus hijas revelaba una verdad universal: más allá de la ley y el desorden, el amor paternal emerge como un poderoso motor de esperanza. Así, mientras el comisario enseñaba a Leonorcita a descifrar las palabras y descubrir mundos, Peñaranda soñaba con un futuro donde María Luisa pudiera elegir su propio destino, libre de las sombras que él mismo estaba tejiendo.

Después de todo, los dos compartían el mismo deseo: que sus hijas crecieran en un mundo donde la felicidad y la trascendencia fueran realidades tangibles y duraderas.

PROVISIÓN DE VENENOS

Cada Caballero debía mantener su empleo diurno, lo que permitiría alejar cualquier duda o sospecha sobre su persona. El plan de los jefes de la banda era llevar adelante un robo en las horas de mayor impunidad, las de la noche, como lo había efectuado Peñaranda en 1873.

Generaba confianza el hecho de que los miembros del grupo no se conocieran entre sí. Pero las amargas experiencias de Alphonse Kerckhove, en el robo al castillo Tilleghem, y de Muñiz, en la fallida rebelión del 75, les habían dejado enseñanzas: debían tomar precauciones ante posibles arrepentidos o traidores. Convinieron contar con veneno para repeler de manera fulminante cualquier acto de rebeldía interna.

Peñaranda le encomendó a Kadour la compra y le anotó el encargo en un papel para evitar equivocaciones. El argelino visitó a un boticario, a quien entregó la receta casera. El especialista leyó el papel con las indicaciones y preguntó asombrado si el pedido lo estaba haciendo un colega, debido al nivel de precisión de la solicitud. No podía ser de otra forma porque la actividad de corredor farmacéutico le había proporcionado al belga los conocimientos necesarios. De esta manera, Kadour proveyó el veneno sin dificultad.

Comenzaba junio y llegaba el tiempo de establecer el objetivo. Por esos días, Alphonse y Florentino se reunían en el Café de los Vascos, a pocas cuadras del hogar de Peñaranda. Era una conocida fonda que lindaba con una joyería. Si se consideró saquearla, la idea fue desechada en poco tiempo. Pero quedó definido el botín. El anhelo de los sofisticados delincuentes era obtener joyas. Precisamente, la casa de subastas de Adolfo Massot, donde trabajaba Muñiz, preparaba un remate de alhajas en la calle Florida. Cuánto hay de cierto o falso acerca de que Los Caballeros de la Noche quisieron tener su bautismo con un atraco es difícil de establecer. Sin embargo, resulta sugestivo que alrededor del 20 de junio, los Massot hayan sufrido un intento de robo y que Muñiz y Peñaranda se mudaran, alejándose del centro.

El español se estableció en la nueva residencia de Alphonse, ubicada en el pasaje La Paz, entre Viamonte y Tucumán, con la madre de Carmen y la pequeña María Luisa, de pocas semanas de vida.

Los jefes podían estar conformes. Se cumplían dos meses desde la gestación de la banda y los resultados eran auspiciosos: habían captado cinco integrantes; disponían de reglamento, diplomas, casillas de correo y veneno preventivo. Así y todo, la voluntad criminal de la asociación ilícita se topaba con la falta de un objetivo específico. Hasta que, sin quererlo, a finales de junio llegó una noticia que involucraba a uno de los hombres más poderosos de aquellos años. Entonces, todas las dudas se disiparon.

NUEVA YORK, 1878

El destino de Alexander Turney Stewart, nacido en Irlanda del Norte en 1803, quedó marcado a fondo por la temprana pérdida de su padre antes de cumplir un mes de vida. Margaret, su madre, recompuso su historia afectiva y partió con su nuevo marido a los Estados Unidos, mientras el niño Alexander quedó bajo la tutela de su abuelo materno, John, quien sembró en él la vocación por el ministerio religioso y la enseñanza. Muerto el abuelo John, la adolescencia de Alexander transcurrió entre Belfast y Nueva York. En la ciudad norteamericana ejerció la docencia e inició un noviazgo con Cornelia Clinch. Tanto el devenir laboral como el corazón tiraban hacia los Estados Unidos y de a poco fue asentándose. Al alcanzar la mayoría de edad regresó a Irlanda para asumir la sustanciosa herencia que le había legado su abuelo, una fortuna equivalente a más de veinte años del salario que obtendría dando clases.

En su retorno a los Estados Unidos llevó numerosos baúles repletos de exquisita ropa de cama y encajes adquiridos en Belfast. Montó un negocio que se convertiría en la piedra angular de su inesperada fortuna. Este pionero fue uno de los artífices de las grandes tiendas. Creó un comercio de ocho plantas —seis pisos más dos subsuelos— en la calle Broadway y la Cuarta Avenida, de tanta popularidad que, a diario, atraía a cientos de viajeros que arribaban a Nueva York, ansiosos por recorrer el gran edificio comercial.

Una de las fortalezas de Alexander T. Stewart, llamado el Príncipe de los Comerciantes, fue la atención al público y los servicios al cliente. Se esmeraba en desarrollar sistemas para facilitar las compras. Por ejemplo, contrató a veinte empleados para que se ocuparan de la correspondencia y, de esta manera, le dio impulso al novedoso sistema de venta por correo.

En el complejo escenario social neoyorquino del siglo XIX, donde las familias tradicionales como los Astor competían con los llamados nuevos ricos, entre los cuales se destacaban los Vanderbilt, emergieron los Stewart como una tercera posición, amalgamando la cultura de unos y el empuje de los otros. En la Quinta Avenida, frente a la majestuosa mansión de los Astor, la familia Stewart erigió un palacio de dimensiones y lujos incomparables, donde la pareja habitó a solas, asistida por numeroso personal. Cornelia y Alexander no tuvieron descendencia, pero sí un favorito. El abogado Henry Hilton, casado con una prima de Cornelia, se convirtió en el mimado del matrimonio Stewart.

El multimillonario Príncipe de los Comerciantes murió el 10 de abril de 1876 y los periódicos de la ciudad norteamericana difundieron una carta de la viuda en la que anunciaba que todos los negocios, excepto las extensas propiedades en Nueva York, serían administrados por el protegido Hilton.

A veces, incluso las grandes fortunas de todos los tiempos pueden esfumarse debido a las malas decisiones. Este fue el destino de los millones acumulados por el inmigrante irlandés. Pero todavía quedaba mucho dinero en las cuentas cuando, dos años y medio después de la muerte del magnate, su cadáver fue sustraído de la iglesia de San Marcos, en la Segunda Avenida.

El escandaloso suceso tuvo lugar en la madrugada del 7 de noviembre de 1878. A pesar de la planificación aparentemente perfecta, a los delincuentes se les pasó por alto un detalle crucial: no se presentaron de inmediato para reclamar una recompensa. Ese descuido llevó a que tanto la viuda como Hilton recibieran docenas de cartas de presuntos autores exigiendo un reembolso por la devolución del cuerpo de Stewart.

El rescate del ataúd demandó más tiempo del que hubieran deseado las víctimas y también los delincuentes. Cuando finalmente lograron recuperarlo, la familia prefirió no realizar anuncios y así desalentar posibles profanaciones futuras. Sin embargo, hubo un hecho que no pasó desapercibido. Por esos días, un tren especial arribó a la medianoche a Garden City, una ciudad creada por el difunto para proporcionar viviendas a sus empleados. De un vagón decorado con géneros negros descargaron un féretro. Entre los pocos pasajeros del misterioso tren nocturno se encontraban Cornelia y el albacea Hilton. La peculiar ceremonia llegó a oídos de la prensa.

El 26 de junio de 1881, el periódico *The New York Star* publicó un detallado informe sobre el secuestro, a partir de un trabajo realizado por un detective novato. El texto revivió el ya lejano asunto del cadáver secuestrado y lo devolvió a las primeras planas. Al día siguiente, gracias a las agencias de cable, la noticia de la resolución del caso se difundió por todo el mundo, incluyendo Buenos Aires.

En la penumbra del atardecer del 27 de junio de 1881, en la tranquilidad de un café, Florentino Muñiz hojeaba un diario vespertino cuando sus ojos tropezaron con la crónica. Un destello de sorpresa y emoción iluminó su rostro ante una idea tan macabra como fascinante. Corrió a encontrarse con su socio para compartir el hallazgo. La noche del 27 de junio, entre copas de coñac y risas, los mentores de la banda celebraron en la casa de la calle La Paz. La decisión estaba tomada. Los Caballeros de la Noche, además de tener un motivo, ahora contaban con un objetivo específico, extravagante e impensable que desafiaría las convenciones y los catapultaría a la inmortalidad criminal: no iban a robar joyas, secuestrarían un cadáver.

INÉS DORREGO

Doña Inés Indart Igarzábal de Dorrego despertó con malestares la mañana del 19 de junio de 1881. Los médicos que acudieron a su llamado le aconsejaron guardar cama. A pesar de los cuidados recibidos, su estado no mostraba mejorías. La noticia del deterioro de la salud de la venerable matrona resonó en los círculos más destacados de la sociedad porteña. A la respetable edad de ochenta y un años, doña Inés era una figura reverenciada no solo por su generosidad, sino también por su firme conexión con la historia política del país.

Apenas catorce primaveras sumaba cuando contrajo matrimonio con Luis Dorrego, quien la duplicaba en edad. La unión marcó el inicio de una vida dedicada a la construcción de un hogar sólido. Inesita, como la llamaban en su entorno, tuvo la oportunidad de relacionarse con las figuras más prominentes de su tiempo. Aun así, su principal dedicación fue otorgar entidad a su núcleo. Sin contar a tres criaturas que murieron muy pequeñas, a lo largo de los años crio con esmero a seis mujeres y un varón, comenzando con Felisa, nacida en 1815, cuando su madre era una agraciada quinceañera. Menuda, de ojos castaños y mirada profunda, misia Inés era una animadora social que confraternizaba con Mariquita Sánchez de Thompson, Angelita Castelli —casada con Xavier Igarzábal, tío de Inés—, sus primas Rodríguez Peña, y Nieves y Remedios de Escalada, entre otras jóvenes de su tiempo.

En diciembre de 1828, mientras celebraban el tercer mes de vida de una de las más pequeñas, Ángela, se cometió un crimen político que marcó profundamente la vida de la familia. El general Juan Galo de Lavalle ordenó el fusilamiento del coronel Manuel Dorrego, cuñado de Inés. Aquel suceso definió las dos posturas antagónicas que enfrentarían a dos bandos, unitarios y federales, por cuatro décadas. En el segundo grupo militó Luis Dorrego, antiguo socio comercial de Juan Manuel de Rosas. La relación entre estos dos hombres se afianzó, trascendiendo la política y los negocios. Rosas fue padrino de Luisito, el varón de la familia, y el trato entre Inés y Juan Manuel era de compadre y comadre.

Por ese tiempo, el patrimonio de los Dorrego se acrecentaba gracias a las adquisiciones de campos en el norte de la provincia de Buenos Aires, que convirtieron al emprendedor en un poderoso terrateniente. También la familia se agrandaba porque la primogénita Felisa contrajo matrimonio con Mariano Miró, de la misma edad que su madre.

Cuando Luis Dorrego murió, en julio de 1852, doña Inés asumió el liderazgo de la familia y la administración de las cuantiosas propiedades bonaerenses. Estas incluían treinta y siete mil hectáreas, cinco mil caballos, treinta y ocho mil vacunos y ciento cinco mil ovejas, legados por su difunto esposo. Dirigió estos asuntos con la colaboración invaluable de su hijo Luis, de Mariano Miró y de sus otros dos yernos, Manuel y Fermín Ortiz Basualdo, casados con Ángela y Magdalena.

El proyecto más destacado que llevó adelante el grupo familiar, en sociedad con otros accionistas, fue la implementación del primer ferrocarril de la Argentina. Inaugurado en 1857, partía de la estación del Parque y recorría diez kilómetros hacia el oeste, hasta llegar a la quinta y última parada, Floresta, en tierras cedidas por doña Inés Indart.

Posteriormente, los Miró Dorrego se alejaron del centro para trasladarse a un palacio que construyeron en terrenos contiguos a la estación cabecera del ferrocarril que propulsaron.

En esos años, a fines de la década de 1860, doña Inés y sus hijas —el varón, Luisito, había muerto— se dedicaron activamente a las obras de caridad. La nueva residencia, llamada palacio Miró, se convirtió en centro de reunión para recaudar fondos y distribuirlos. En numerosas ocasiones, abrió sus puertas con el fin de realizar entregas de juguetes, ropa y alimentos a los más necesitados.

Entre las familias beneficiadas que podrían atestiguar la generosidad de los Dorrego se encontraban los Muñiz. Cuando Florentino fue encarcelado por su participación en el fallido intento de rebelión de 1875, Dominga González acudió al palacio Miró implorando ayuda para sostener su casa con seis niños. Felisa Dorrego, ya entonces viuda de Miró, no solo brindó atención especial a la mujer desamparada, sino que fue más allá. Una vez que el marido encarcelado regresó al hogar, doña Felisa se impuso costear los estudios del hijo mayor de Florentino y Dominga. Y no solo eso. En una oportunidad en que su protegida había enfermado, envió un médico a visitarla y pagó sus medicamentos. De esta manera, se forjó una relación que perduraba en junio de 1881, cuando la madre de Felisa, doña Inés, luchaba por superar una recaída.

Numerosas personalidades de la sociedad se acercaban a la casona para expresar su preocupación y desear los mejores augurios de recuperación para la respetada matrona.

Mientras tanto, los médicos se esforzaban por encontrar la causa de los malestares que aquejaban a doña Inés. La indisposición de la viuda de don Luis Dorrego se convirtió en tema recurrente en los salones y tertulias de la alta sociedad. La posibilidad de perder a una figura tan querida generaba inquietud en Buenos Aires. Pero poco podía hacerse: el desmejoramiento paulatino se agravó por una neumonía. Tras diez días de cuidados intensos, la mañana del miércoles 29 de junio la noble dama murió rodeada de su familia.

La noticia se publicó en los periódicos vespertinos. Esa noche, mientras la ciudad aún procesaba la pérdida de su gran benefactora, Florentino Muñiz y su socio no podían creer la oportunidad que el azar les presentaba. La muerte de una de las mujeres más ricas del país, justo en la semana en que decidían emprender un camino sin retorno hacia el secuestro de cadáveres, parecía más un guiño del destino que una mera coincidencia. Los planes que habían concebido se alineaban ahora en un contexto inmejorable. Ante la urgencia de las circunstancias y con la determinación de quien sabe que su momento ha llegado, comenzaron a trazar los detalles de su plan más osado y con la perfecta víctima: nada menos que la venerada doña Inés Indart de Dorrego.

EL FUNERAL

En la fría tarde del 30 de junio de 1881, la algarabía habitual de la calle Florida se desvaneció, reemplazada por un solemne silencio que marcaba la procesión fúnebre de la respetada doña Inés. En las ventanas de la tradicional casa donde la difunta había vivido durante más de cuarenta años se desplegaron grandes cortinas negras que absorbían la luz del ocaso invernal. El cortejo en sí mismo era un espectáculo impresionante. Frente a la entrada aguardaba una majestuosa carroza fúnebre, tirada por seis caballos azabache, todos vestidos de luto y con penachos negros. El cochero y su lacayo, inmutables, mantenían la vista al frente, luciendo galeras de copa alta que añadían un toque de dramatismo a la escena. Una larga fila de carruajes se había estacionado con orden impecable detrás de la carroza. Su extensión alcanzaba dos cuadras completas. Incluso el observador más desprevenido podía percibir que alguien de gran importancia había fallecido.

Alphonse Kerckhove de Peñaranda y Florentino Muñiz se encontraron en la parada de carruajes de la plaza de la Victoria, frente a la catedral metropolitana y a una cuadra de la casona de la venerable dama. Indicaron al cochero, un francés, que los condujera al cementerio del Norte, situado a tres kilómetros del centro, en la zona de los caseríos de la Recoleta. Su objetivo era presenciar la ceremonia para identificar el féretro de doña Inés y su ubicación final. El plan requería anticiparse a la procesión, observándola desde la entrada de la necrópolis para no perder detalle alguno. Resultó una previsión acertada debido a la dispar presencia de operarios, deudos y curiosos.

A la entrada del cementerio, el eco de cinceles y martillos se mezclaba con piadosos murmullos de luto y el retumbar de los cascos de los caballos que iban y venían. Los olores a tierra removida, incienso, flores traídas para la ocasión y bosta se impregnaban en el aire, mientras que el viento creaba remolinos con el polvo de la obra. Cuadrillas de obreros trabajaban con empeño en uno de los tempranos proyectos impulsados por el primer intendente de la Capital Federal, Torcuato de Alvear. Se trataba de la renovación del cementerio del Norte que cargaba con sesenta años de descuido. La iniciativa buscaba dotarlo de un pórtico monumental sostenido por cuatro columnas dóricas, calles internas empedradas y una elegante capilla. Las obras, que demandarían varios meses e involucraban a unos doscientos operarios, alteraban la habitual solemnidad del sitio. Y esa tarde, además, se llevaban a cabo tres inhumaciones de especial relevancia: la de Inés Indart de Dorrego, la de Cristina Gándara Casares, arrebatada de la vida en sus quince años por una peritonitis, y la de María Uriburu, esposa del juez Virgilio Tedín y hermana del político José Evaristo Uriburu. María tenía apenas cuarenta y dos años y dejaba cuatro hijos pequeños, entre ellos, una beba de meses.

Dada la importancia de las familias afectadas por el luto, la afluencia al cementerio superaba las proporciones habituales. Entre la multitud se encontraban los Caballeros de la Noche desempeñando el papel de dolientes, aunque con propósitos menos piadosos, ya que su único interés era verificar la información necesaria para su plan de secuestro.

Con la llegada del cortejo de la señora Dorrego, la construcción se paralizó en un respetuoso silencio. Los obreros suspendieron su labor y se mantuvieron de pie, con las boinas en las manos. Galeras, chambergos y bombines siguieron el mismo protocolo. Descendieron de los carruajes las cuatro hijas de doña Inés —Felisa, Magdalena, Ángela y Mercedes—, con sus rostros cubiertos por velos negros. Las seguían los dos yernos Ortiz Basualdo, la nuera Enriqueta Lezica, viuda de Luisito Dorrego, los nietos, los Llavallol, los Peña Lezica y los demás parientes. La familia trasladó a pulso el lujoso ataúd de jacarandá hasta la bóveda que, por su altura y ornamentos, se destacaba entre las demás. Con las bendiciones cristianas, la matrona ingresó a su morada final, despojada de sus cuarenta y siete amplias propiedades en el centro de la ciudad, la extensa quinta en San José de Flores, las tres mil quinientas hectáreas en Salto, provincia de Buenos Aires, del ganado vacuno, ovino y caballar, de los carruajes, las obras de arte, las alhajas y las cuentas bancarias. El féretro fue depositado en el subsuelo, junto a los cuerpos de su marido y dos de sus hijos, Luisito y Teresa.

Cuando descendían el cajón y se hacían sentir los ayes de las lloronas contratadas y de las hijas y nietas afligidas, ingresaba el cortejo que acompañaba a María Uriburu, multiplicando las expresiones de pesar. En medio de este mar de duelo, casi imperceptibles entre la multitud, los delincuentes observaban con atención, calculadores y distantes. La primera conclusión a la que llegaron fue que no iban a retirar el cajón del cementerio. Simplemente lo esconderían en otra bóveda y lo regresarían con facilidad una vez cobrado el rescate.

Si algo más triste le faltaba a la escena, fue la recepción de los restos de la jovencita Cristina Gándara. El destino hizo que confluyeran en su arribo a la morada final tres mujeres: una viuda, una casada y una soltera. Los jefes de la banda, lejos de conmoverse, guardaron en su memoria cada detalle necesario y regresaron muy satisfechos al centro de la ciudad. El siguiente paso de los secuestradores consistía en visitar el cementerio esa misma noche para estudiar la vigilancia en ese horario y conocer sus movimientos. Coincidieron en que esta tarea debía ser llevada a cabo por Peñaranda, acompañado de algún Caballero. Recoleta era un barrio alejado del centro y cercano a la costa, expuesto a los peligros y la impunidad de la noche. El socio designado para esta misión fue el argelino Kadour.

UNA NOCHE EN EL CEMENTERIO

La noche del 30 de junio, el argelino José Antonio Kadour recibió la insólita instrucción de acompañar a Peñaranda al cementerio de la Recoleta. El objetivo era que el jefe de la banda se familiarizara con el terreno donde actuarían. Sin embargo, ese motivo concreto nunca fue revelado por el belga. Durante el viaje, mientras la fría brisa de la noche se colaba por las cortinas del tranvía, el asistente trataba de desentrañar el papel que estaba destinado a desempeñar en esta empresa. ¿Sería acaso el mucamo argelino, el secretario José Antonio o el Caballero Kadour?

Esa duda no había sido despejada cuando el coche los depositó a pocas cuadras de la necrópolis. En esas horas negras, el cementerio del Norte se transformaba y Peñaranda pudo percibir el cambio. La efervescencia de la tarde había dado paso a una desolación palpable. El eco de los cinceles y también de los llantos fue perdiéndose en el silencio de los sepulcros. Aquel cóctel de olores vespertinos se había desvanecido y el viento ya no jugaba con el polvo, sino que susurraba entre las grietas.

El belga le pidió a Kadour que lo aguardara en el interior del cementerio pero cerca de la puerta. Si divisaba un policía, debía entrar y advertirlo. En momentos en que el frío de la noche se hacía sentir, Peñaranda desapareció entre las sombras, y el argelino experimentó una sensación insoportable.

La confusión y el temor se mezclaban en su interior y tejían un nudo que estrangulaba su estómago. Se preguntaba qué propósito podía tener ese encuentro nocturno en un paraje tan lúgubre. El murmullo del viento le parecía el aviso de algo siniestro y la soledad magnificaba cualquier sonido, de la misma manera en que lo perturbaba el más leve desplazamiento de sombras que percibía sin querer con la vista. No lograba discernir si temblaba de frío o de miedo. Se sentía vigilado por antiguos moradores del cementerio y acosado por alguna presencia espiritual que le anunciaba que no era bienvenido.

Kadour se aferraba a la esperanza de que Peñaranda regresara pronto, antes de que su imaginación lo traicionara por completo, envolviéndolo en un pánico del que no pudiera escapar. En esas circunstancias, incluso la aparición de un vigilante de ronda lo hubiera aliviado.

Mientras el argelino luchaba contra sus fantasmas, Peñaranda, amparado por la oscuridad, recorría a tientas el mismo camino que habían seguido durante el entierro. Se encontraba cómodo, la noche le sentaba bien. Gustaba de la soledad, y allí la única compañía era la sombra que proyectaba sobre las piedras frías. Afinó el oído, exploró las calles laterales y agudizó la vista. Todo indicaba que la vigilancia nocturna era nula. Se tomó un tiempo para analizar posibles lugares donde podrían esconder el ataúd.

Luego, entusiasmado por el éxito de la misión, se dirigió

a la entrada para reencontrarse con su aterrado servidor. Regresaron a la parada del tranvía, sin advertir que un vigilante que realizaba la tercera ronda, la nocturna, los había observado en la entrada del cementerio. El agente, sorprendido de toparse con dos hombres en esa zona inhóspita y en aquella noche cerrada de junio, interpretó que era una actitud sospechosa. Les preguntó qué hacían, y la falta de respuestas adecuadas —Kadour afirmaba que había acompañado a su jefe; Peñaranda, que se había encontrado con un señor para conversar de negocios— determinó que el agente los llevara detenidos a la seccional de Recoleta. Pasaron la noche en el calabozo, sin que el argelino pudiera comprender qué delito habían cometido.

El belga se las ingenió para hacer que le entregaran una esquela a su compinche, Muñiz. Temprano en la mañana, el español se reunió con un viejo conocido, el prestamista Clodomiro Benguria, vecino de la dependencia donde habían alojado a los sospechosos. El prestamista y el comisario Tasso tenían muy buena relación. Precisamente en esos días Tasso investigaba el paradero de un sujeto que, luego de seducir a la mucama de Benguria, había huido llevándose alhajas. El comisario —figura destacada cuyos casos solían ser difundidos por los periódicos— le resolvió el robo a su vecino prestamista de manera inmediata.

Provisto de la carta de recomendación del amigo común Benguria, Muñiz se presentó ante Tasso. Explicó que el belga era un trabajador incansable, dedicado a su actividad de corredor de drogas y con buenas referencias entre los boticarios. En definitiva, era un hombre de bien. Especuló que tal vez había tenido una cita con una dama en el cementerio, pretendiendo lograr la mayor discreción posible. En cuanto a Kadour, le aclaró al comisario que simplemente se trataba de su mucamo y lo había acompañado. Tras considerar los argumentos, Tasso los liberó.

Apenas pusieron un pie afuera de la comisaría, Peñaranda le comunicó a su socio la noticia: no había vigilancia nocturna en el cementerio.

Pocos días después, aún consternado por la situación, Kadour le preguntó a Alphonse el motivo detrás de aquella inusual excursión a la necrópolis. El belga le respondió que había tenido una cita sentimental.

—¿Con quién ha sido? —indagó el argelino.

Sin embargo, Peñaranda contestó de manera tajante:

—Eso no se lo diría ni a mi propio padre.

Responder con honestidad habría significado aceptar un revés considerable, y el belga no estaba dispuesto a resignar ni un ápice del entusiasmo que los impulsaba. La inesperada exposición de Peñaranda y Kadour, y en particular la de Muñiz durante su visita a la comisaría, pues es quien tenía que permanecer en el anonimato, puso en jaque los planes. Reconocieron que la impaciencia podría ser su perdición, por lo tanto, debían actuar con cautela. Cualquier paso en falso podría desbaratar sus esfuerzos. Ante todo, era necesario tomar distancia temporal con la futura profanación. De alguna manera, el inesperado llamado de atención que generó la detención les brindó la oportunidad de revisar y ajustar los pasos a seguir, evaluar los riesgos y estudiar con detenimiento la logística del secuestro.

Ante todo, los jefes de la banda analizaron las fallas cometidas por los delincuentes en los Estados Unidos y resolvieron que debían corregirse dos aspectos. Los que se llevaron el cadáver de Stewart no se habían adjudicado la autoría de inmediato. Eso hizo que aparecieran varios oportunistas reclamando el rescate. El otro aspecto, directamente vinculado con ese retraso, era el cobro. Los delincuentes estadounidenses tardaron más de un año en concretar el intercambio. Los secuestradores locales no podían darles a sus víctimas margen de reacción. El pago debía realizarse sin demora. Peñaranda y Muñiz establecieron un cronograma de acción: una noche robarían el ataúd, a la mañana siguiente informarían a la familia Dorrego del hecho, exigiéndoles el dinero para la devolución del cadáver. Pasadas veinticuatro horas, cobrarían el rescate. Luego regresarían el féretro a su sitio o, en caso de que hubiera riesgo, enviarían la nota a las víctimas con su ubicación.

Esto significaba que todo el proceso les demandaría unas cuarenta y ocho horas. Ese era el menor tiempo posible para completar el circuito delictivo.

En extensas reuniones evaluaron las necesidades, calcularon un presupuesto y concluyeron que se requería cierto monto de dinero para llevar a cabo el plan.

Peñaranda guardaba una remesa de los revólveres que le había enviado su hermano Vincent y entregó algunos a Muñiz para que los empeñara en el banco de préstamos. Con ese dinero financiaron los recursos esenciales para poner en marcha un capítulo sin precedentes en la crónica del crimen en la Argentina.

ANTIFACES

Durante numerosas visitas al cementerio del Norte, Muñiz y Peñaranda examinaron con detenimiento las bóvedas y sepulcros vecinos en busca del escondite perfecto. No se restringieron solo al interior del recinto: exploraron también sus alrededores, buscando rutas alternativas que les permitieran evitar la entrada principal, que fue donde un vigilante los había sorprendido.

Fruto de su perseverancia fue el hallazgo de un montículo de ladrillos, situado junto a una puerta trasera casi oculta y asegurada con un candado. Esa improvisada escalera les brindaba la posibilidad de franquear el muro sin mayor esfuerzo. Al otro lado, una sorpresa aún más grata los aguardaba: una segunda acumulación de ladrillos que simplificaría su escape después del secuestro.

Ante el riesgo de enfrentar situaciones comprometedoras en el momento de la acción, los líderes juzgaron indispensable contemplar la eliminación de cualquier miembro de la asociación que pudiera tornarse problemático, optando por el cianuro que Kadour había adquirido. Además, la posibilidad de testigos inesperados los llevó a prepararse con armas proporcionadas por Peñaranda y con cloroformo que compró Kadour, indispensables ante imprevistos, ya fueran graves o de poco peligro.

El anonimato era un pilar fundamental para la organización. Los integrantes se identificaban por números y se comunicaban mediante cartas dirigidas a apartados postales específicos, fieles al riguroso octavo precepto de su código: «Misterio, secreto y silencio, en todo, por todo y con todos».

Conscientes de que eventualmente necesitarían reunirse varios para mover el féretro, concibieron una estrategia que les permitiera ocultar sus identidades. Inspirándose en la máscara de muselina que Alphonse Kerckhove había recibido de madame De By —utilizada en el robo al castillo Tilleghem de Saint Michel—, resolvieron que los implicados en el camposanto portarían antifaces de seda oscura. El responsable de su adquisición fue el incauto Kadour, mientras Peñaranda se aseguró una peluca que le permitiría mantenerse incógnito durante la profanación. Además, el belga contribuyó con una soga necesaria para elevar el ataúd desde el sótano de la cripta.

Una vez equipados, se consideraron listos para emprender el secuestro, asumiendo que todavía necesitaban definir los roles de los Caballeros y organizar los pasos a seguir en las etapas posteriores; en especial, la ardua labor de cobrar el rescate y restituir el féretro.

Sabían que se enfrentaban a un reto que excedía los delitos habituales que ocupaban a la policía, como robos, hurtos y fraudes menores. Los Caballeros se embarcaban en una empresa que demandaba una planificación meticulosa y una discreción sin fisuras. Con plena fe en su estrategia, se dispusieron a poner en práctica su osado proyecto. Se aproximaba el instante de ejecutar la operación.

FOCOS DE VICIO Y PERDICIÓN

La noche de Buenos Aires se vestía con el manto de la clandestinidad. La ciudad albergaba un mundo subterráneo regido por la pobreza, la falta de una educación adecuada, la codicia y la pasión por el lujo. Burdeles, casas de juego y oscuros rincones de vicio florecían en una capital que se multiplicaba recibiendo cientos de inmigrantes cada semana.

Más de tres mil mujeres, atrapadas en las redes de la explotación, veían pasar sus días y noches entre las paredes de esos establecimientos, mientras que un número igual vagaba por las calles buscando desesperadamente alguna forma de subsistencia.

Los burdeles y los centros de apuestas se escondían detrás de otras fachadas, como cafés, hoteles, posadas, fondas y hasta casas de familia. Aun así, lo que no veían los ojos lo percibía el oído. Escándalos y griterío señalaban los escondites de la inmoralidad, provocando las quejas constantes de los vecinos que, impotentes, asistían al desfile incesante de almas desgraciadas. Del negocio de la perdición se servían financistas, fulleros, golpeadores, usureros, proxenetas, alcahuetes, tratantes de blancas y traficantes de alcaloides, entre otros personajes de dudosa reputación. También los vendedores de pianitos mecánicos portátiles, verdaderos clásicos de su época; eran esenciales, ya que ningún antro donde el sexo se comercializaba estaba completo sin estos dispositivos, programados para ejecutar polcas y zarzuelas.

Los propietarios de tales tugurios, verdaderos profesionales de la evasión y el engaño, empleaban ingeniosos artilugios para burlar la vigilancia policial. Colchones eran utilizados para ahogar la música y las peleas, además de evitar que los sonidos del pecado se esparcieran y causaran problemas, mientras que un mecanismo de botones eléctricos escondidos bajo los mostradores servía para advertir a jugadores y parejas de la inminente llegada de la ley. Estos métodos, fruto de una complicidad tácita entre dueños y frecuentadores, hacían casi imposible el control de estas actividades.

Marcos Paz dirigió sus esfuerzos contra estos vicios que ensombrecían la vida nocturna porteña. A pesar de la desventaja presupuestaria y la motivación de algunos uniformados para hacerse los desentendidos, su dedicación arrojó resultados positivos. Un periódico destacó las acciones del jefe:

> En su tenaz persecución a las casas de juego, ha ido hasta donde ha podido ir. Mucho tienen que agradecerle más de una madre, más de una esposa, más de una familia, por haberse visto obligado el hijo, el esposo o el padre a abstenerse de seguir concurriendo a esos focos de vicio y perdición, avergonzados de ser descubiertos por las medidas de vigilancia y hostilidad adoptadas por los comisarios de las seccionales.

El jefe Paz contaba con un buen equipo de hombres dispuestos a dejar su sello. Los titulares de las comisarías recorrían las calles de su jurisdicción para conocer en profundidad el territorio que controlaban. En muchas ocasiones optaban por evitar el uniforme, llegando incluso a asumir distintas identidades, como la de un trabajador del puerto, un mendigo o un vendedor ambulante. Todo era válido con tal de pasar desapercibido o, al menos, no ser reconocido.

El 13 de julio, en la ruidosa intersección de Santa Fe y Callao, a escasa distancia de la comisaría Decimoquinta, se escribió un nuevo párrafo en la foja de logros de Pablo Tasso. Dos astutos estafadores acechaban a un inocente, ofreciéndole la ilusión de la fortuna con un billete de lotería presuntamente premiado. El comisario, vestido de civil, los observaba a veinte metros de distancia. Se aproximó sin llamar la atención hasta ubicarse a la par de los delincuentes y, con un gesto enérgico, no solo frenó el engaño en curso, sino que también retiró a los sinvergüenzas de la calle por una temporada.

Si bien Tasso sobresalía y su nombre se repetía en las crónicas periodísticas, no era la excepción entre los comisarios. Los veinte pasaban sus días y noches patrullando los rincones oscuros de la ciudad, más a menudo de lo que se hallaban detrás de los escritorios de sus oficinas. Esta presencia constante en las calles los convertía en figuras familiares, no solo para los ciudadanos respetables sino también para aquellos cuyas intenciones distaban mucho de ser honorables. No obstante, la cercanía con el pulso de la calle se tornó en un dilema que no pasó desapercibido para la cúpula policial. En respuesta a esa situación, Marcos Paz aplicó la receta que estaba dando muy buenos resultados en las principales ciudades del mundo: el sistema de rotación. La propuesta implicaba que los comisarios, junto con los oficiales, y en ocasiones incluso los vigilantes, pasada una temporada de asentamiento y desarrollo en un distrito, se desplazasen, asumiendo responsabilidades en una nueva seccional.

El propósito de este cambio era enriquecer el conjunto de experiencias individuales, obligándolos a familiarizarse con el contingente marginal que deambulaba en la ciudad. Así, armados con un conocimiento más vasto y profundo, se esperaba que su labor fuese no solo más eficiente sino también más destacada.

Convencido de los buenos resultados que brindaría la estrategia, Paz ejecutó el primer enroque policial: Tasso fue trasladado a la comisaría Tercera, reemplazando a Isidoro Acevedo, quien se hizo cargo de la jefatura de Recoleta. Ese intercambio entre dos comisarías vecinas fue una jugada del destino porque eran precisamente los ámbitos donde se desarrollaría el drama policial que protagonizarían los Caballeros de la Noche.

RENUNCIA DEL TRADUCTOR

En medio de turbulencias internas, la asociación de Los Caballeros de la Noche tuvo la necesidad de reestructurarse. Ocurrió cuando a José Paggi, encargado de las traducciones al italiano, se le encomendó la tarea de redactar en su lengua vernácula el estatuto íntegro de la agrupación. Pero su persistente desconfianza lo llevó a desobedecer. Temía quedar comprometido en algún asunto y que los trazos distintivos de su escritura lo delataran. Sus dudas lo atormentaban. Cada noche se preguntaba si valía la pena abandonar el empleo para disfrutar de la paz de mantenerse al margen de negocios oscuros, o seguir adelante con las tareas a cambio de lucrativas recompensas.

La falta de definición lo acompañó hasta el 9 de julio, día en que encontró a su mujer llorando. Sostenía en su mano una carta de la sociedad que prevenía: «Se va a dar un golpecito en el que te tocarán de dos a tres mil pesos. Te indicaremos otros afiliados para este objeto. Tenemos en vista otros golpes mayores en que te tocarán cincuenta o sesenta mil pesos». Sus sospechas se confirmaron: estaba lidiando con una banda de delincuentes. Las lágrimas de su esposa aún no se habían secado cuando redactó su renuncia a la sociedad, invocando el segundo artículo del reglamento. Además, exigió la devolución de los manuscritos que podrían incriminarlo. Esperó algunos días la respuesta, no sin cierta angustia.

Ante la ausencia de noticias, acudió al escritorio donde trabajaba Florentino Muñiz. Intuía que el español tenía que ver con la banda y eso lo convertía en el único interlocutor posible, fuera de la impersonal casilla de correo.

Paggi le comentó al español que había ingresado a una sociedad llamada Los Caballeros de la Noche, pero luego había decidido renunciar.

—El asunto estará resolviéndose. Pero más allá de eso, quisiera ofrecerle mis disculpas, Florentino.

—¿Disculpas?

—Sí, por haberme permitido considerar que usted podría ser integrante de la banda. Reconozco que lo pensé, pero fue un error y aquí me tiene, hablándole del tema con la mayor confianza.

Sonriendo, el español negó cualquier conexión con la sociedad delictiva, aunque no desperdició la oportunidad de persuadirlo para que reconsiderara su postura.

—No devuelva el reglamento —le aconsejó—, tradúzcalo. Tal vez le paguen bien. Mire que esa asociación puede ser como la de los nihilistas en Rusia que han empezado por robar poquito y han acabado por no dejar quieto ni al zar.

El comentario de Muñiz confirmó los recelos de Paggi: sin duda, su interlocutor estaba vinculado a la organización. En ese momento, recordó que durante la última visita Muñiz le había preguntado sobre el domicilio de Manolo, el Andaluz, aquel compañero de celda que le tocó a Paggi cuando lo encarcelaron por el caso de envenenamiento de su cuñada. Era evidente que buscaban reclutar al Andaluz para la banda.

Preocupado por las posibles consecuencias de haber sido parte de una organización delictiva, Paggi insistió con una segunda nota a la casilla de correo de Los Caballeros de la Noche. Finalmente, un mozo de cordel —nombre que se les daba a los changadores, a quienes se identificaba por la cuerda que llevaban enrollada en el hombro más una lata colgada del cuello para recibir propinas— acudió a su hogar. El mandadero llevó los papeles que reclamaba Paggi y se los entregó a cambio del diploma y la documentación que estaba en su poder. De esa manera, el italiano logró desvincularse del grupo. Siguiendo una decisión similar, el joven Francisco Desalvo optó por abandonar la organización debido a la presión de sus padres.

Eran ocho miembros, pero con las recientes bajas la estructura se redujo a dos jefes y cuatro subordinados. Por ese motivo, a la planificación del cobro se añadió la tarea de suplir las ausencias inesperadas, buscando incorporar nuevos integrantes. En esta selección apresurada, hizo su ingreso a la sociedad una de las figuras principales, el marinero griego Vicente «el Turco» Morate.

PLANIFICACIÓN DEL RESCATE

En el transcurso de varios días, los cabecillas de la agrupación dedicaron sus esfuerzos a deliberar sobre la manera de exigir y obtener el rescate, sin incurrir en riesgos innecesarios. Concertaron solicitar a las descendientes de doña Inés la suma de un millón de pesos, un monto considerable que superaba en cinco veces el premio mayor de la lotería semanal. Con tal cantidad era posible adquirir entre cuatro y cinco casonas como la que se ofrecía en el cruce de Libertad y Juncal, en Retiro —un barrio descrito como *fashionable* en los anuncios de los periódicos—, de cuatrocientos setenta metros cuadrados, nueve habitaciones, cocina, gallinero, suministro de agua potable y un jardín poblado de árboles frutales. Por ende, un millón representaba una cifra exorbitante que, no obstante, no afectaría la fortuna de los Dorrego.

La estrategia más segura era recoger el dinero directamente del domicilio de los extorsionados, manteniendo un control absoluto sobre aquel. Con el fin de sostener el anonimato que pregonaba la sombría sociedad, resolvieron que contratarían un mozo de cordel, quien recibiría el pago de los damnificados, evitando así cualquier asociación directa con los miembros de la banda. En cuanto al transporte del dinero, se pensó en conseguir un pequeño cajón hermético. Sería útil como medio de ocultamiento y evitaría cualquier tentación posible del portador. Los líderes debatieron sobre el color del cajoncito. Acordaron que el punzó sería adecuado para no perderlo de vista. Otro aspecto clave era esquivar el acoso de la eficiente policía local. Por lo tanto, se decidió que el portador del dinero se desplazaría con el botín fuera de los límites urbanos. En ese caso, no había mejor medio que el ferrocarril. Peñaranda propuso que la tarea se dividiera entre dos mozos de cordel: uno encargado de retirar el dinero y otro de transportarlo en tren. Esta división de responsabilidades aseguraba que ninguno de los dos contratados tuviera conocimiento completo del recorrido del millón, añadiendo otra capa de seguridad al operativo.

Resuelto el asunto del envoltorio y su transporte, había que considerar de qué manera tomarían contacto con los parientes de doña Inés. La comunicación de la demanda requería de una carta; sobre eso no había dudas, pero ¿a cuál de las hermanas convendría dirigirla?

Peñaranda elaboró un prolijo croquis de calles en donde marcó los domicilios de las señoras. Mercedes y Magdalena Dorrego compartían techo en Florida 36, la misma casa donde doña Inés pasó sus últimos días. Apuntó luego a Ángela, quien residía también en la calle Florida, a un par de cuadras de sus hermanas. Finalmente, señaló a Felisa, habitante del majestuoso palacio Miró, en la calle del Temple.

Felisa surgió como la candidata ideal por diversas razones. Primero, por ser la mayor de las hermanas y haber asumido el liderazgo tanto en los negocios de la familia como en las actividades benéficas. Se sumaba el hecho de que Florentino Muñiz conocía la generosidad de la dama por referencias antiguas de su esposa. En cuanto a la localización de su residencia, menos transitada que la bulliciosa calle Florida y próxima a la terminal del ferrocarril al Oeste, resultaba tácticamente ventajosa.

Sin embargo, luego de analizar con detenimiento el croquis, los Caballeros aprobaron un cambio significativo. Aunque el recorrido desde el palacio hasta la estación adyacente pudiera realizarse en un minuto, decidieron descartar esa posibilidad. La infraestructura ferroviaria de aquella línea, pese a sus escasos veinticuatro años, evidenciaba señales de negligencia. Por otra parte, los trenes circulaban a una velocidad disminuida en ciertos tramos debido a la densidad del área, y, peor aún, con una frecuencia de horarios más espaciada.

Los estrategas optaron por la terminal del ferrocarril Buenos Aires, ubicada en el Bajo de la ciudad, junto al río, a corta distancia de la Casa de Gobierno y a quince cuadras del imponente edificio de los Miró. Su ventaja radicaba en la diversidad de destinos hacia el norte y sur, brindando múltiples opciones estratégicas, así como también el hecho de contar con máquinas más modernas. Los Caballeros de la Noche evaluaron cada detalle, afinando la planificación del secuestro del cadáver para asegurarse de que nada se dejara librado al azar. ¿Cuál sería el itinerario a seguir hasta el Bajo portando la caja y cuánto tiempo le demandaría arribar a la estación Central del ferrocarril Buenos Aires? ¿Y el cronograma de salida de los trenes? ¿En qué sitio de las afueras de la ciudad los secuestradores recibirían la caja con la recompensa?

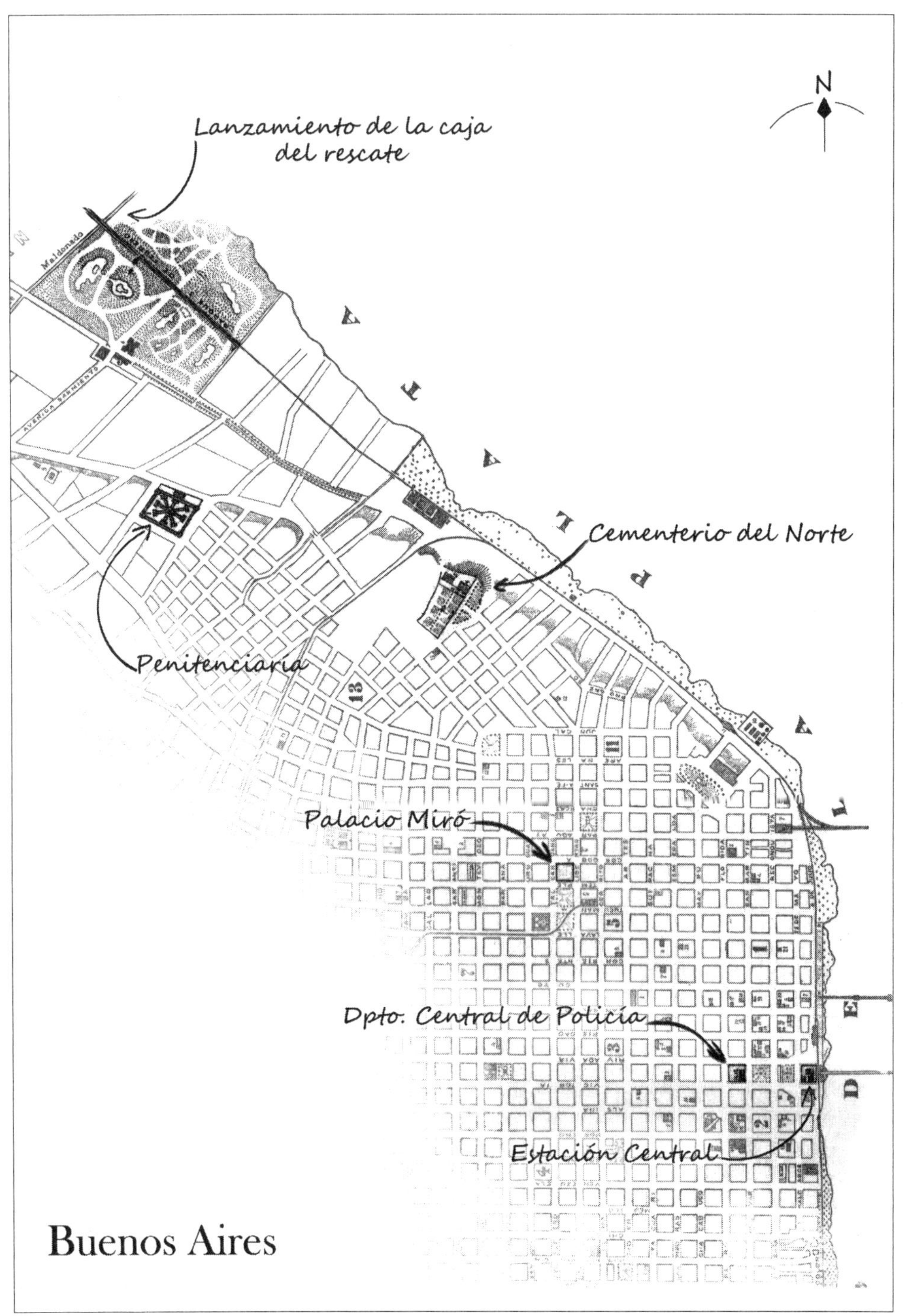
N
Lanzamiento de la caja del rescate
Cementerio del Norte
Penitenciaría
Palacio Miró
Dpto. Central de Policía
Estación Central
Maldonado
AVENIDA SARMIENTO
Buenos Aires

Todo cuanto habían contemplado en el croquis debía ensayarse previamente al día de la ejecución. Los socios estaban convencidos de que no existían mejores preparativos que los que habían perfeccionado tras semanas de sereno estudio. Entonces se dispusieron a explorar un punto crítico del plan: la residencia de la víctima, doña Felisa Dorrego.

CABALLERIZAS PERFUMADAS Y NOVENTA Y CUATRO SILLAS

Peñaranda y Muñiz se trasladaron a la zona de la gran casa. Se trataba de una de las mansiones más distinguidas de Buenos Aires. El artífice del proyecto arquitectónico que enaltecía la ciudad fue Mariano Miró, quien, tras casarse con Felisa, se convirtió en un destacado hacendado que expandió sus negocios a diversos sectores.

En 1867, en un terreno de su propiedad, próximo a la mencionada estación del tren —que era otro de sus emprendimientos—, Miró se propuso construir una de las residencias más distinguidas de su tiempo, sin importar que su parcela se encontrara fuera del circuito de la alta sociedad. Contrató a los arquitectos italianos Nicola Canale y su hijo Giuseppe, especialistas en techos abovedados y construcciones circulares, para que convirtieran en realidad el anhelo de Felisa. El matrimonio visitó varias veces las principales capitales de Europa con el objeto de realizar compras para dotar al palacio. En solo un viaje, el de 1869, los Miró regresaron con muebles embalados en trescientas cajas, docenas de esculturas y también un pintor francés cuya misión era ornamentar las paredes con frescos. Gran parte de las noventa y cuatro sillas, los treinta y siete sillones y los dieciséis sofás que se distribuyeron en sus ambientes llegaron en aquel viaje.

La magnífica construcción de dos plantas resplandecía como la principal joya arquitectónica del paisaje urbano. Su fachada, adornada con estatuas clásicas en las esquinas, anticipaba el refinamiento que se intuía en sus ambientes. En la planta superior, una espaciosa terraza semicircular abrazaba el edificio, semejando la cubierta de un gran barco. La balaustrada que demarcaba el contorno convertía la elegante balconada en un vistoso paseo, con bancos de hierro para sentarse a descansar y contemplar los alrededores. Coronaba la residencia el mirador vidriado del que todos hablaban. Ostentaba el privilegio de ser el más elevado de Buenos Aires y ofrecía una espectacular panorámica de trescientos sesenta grados, para no perder detalle de la ciudad.

Una construcción aparte, en Córdoba y Libertad, tampoco menospreciaba el lujo: la cochera de la familia, con caballerizas perfumadas, contaba con una victoria para los acontecimientos destacados, un landó para uso diario y dos cupés destinadas a los paseos.

Rodeando estas joyas arquitectónicas, el vasto parque de setecientos metros cuadrados se presentaba como un refugio en medio del bullicio urbano. Custodiado por leones de piedra, este oasis verde estaba delimitado por una sencilla verja de hierro, con pilares coronados de jarrones repletos de cactus. Dentro del parque prosperaban abetos, magnolias, pinos y abedules, demostrando el esmero de la señora Dorrego de Miró por dotar al palacete del marco encantador que siempre habían soñado.

Esa pintura exterior cautivaba a todos por igual. Sin embargo, era dentro de la casa donde los afortunados invitados disfrutaban de las características más íntimas y refinadas. Al traspasar el umbral de la residencia, los recibía una resplandeciente escalinata de mármol de Carrara, que brillaba bajo una cascada de luz natural. El salón principal, diseñado para acoger las más fastuosas recepciones de Buenos Aires, no tenía rival en lujo; cada detalle hablaba de la opulencia de sus anfitriones, como la tapicería de Aubusson o la marquetería Boulle. Aun así, el orgullo de don Mariano Miró era la sala de billar, con mesa de ébano, gran espejo encima de la chimenea y paredes revestidas en raso verde vibrante, estampado con muñecas japonesas recreadas en seda e hilo dorado. En cuanto a doña Felisa, tenía especial inclinación por su colección de porcelanas chinas, constantemente elogiada por sus amigas.

Fue la majestuosa construcción la que elevó la categoría de la zona, convirtiéndola en *fashionable*, como anunciaban los avisos inmobiliarios.

La residencia, sin embargo, era demasiado grande para pocos habitantes. Los Miró, que perdieron a la única hija que tuvieron a los tres meses de edad, sentían predilección por una de sus sobrinas, Ernestina Ortiz Basualdo, casada con Felipe Llavallol. El joven matrimonio habitó el palacete desde el día de su inauguración y allí nacieron sus cinco hijos.

Poco de esto pudo ver don Mariano, ya que si bien logró disfrutar la imponente casa que había concebido, fue por corto tiempo antes de fallecer en 1872. Dejó a Felisa una fortuna que le reportaba un millón doscientos mil pesos anuales, además de un generoso patrimonio en el que se destacaba el palacio.

La extensa historia de esta mansión abarcará hitos significativos que dejarían huella en la memoria colectiva de la ciudad. El primero de todos trascendió las fronteras de la Argentina y tuvo lugar en el invierno de 1881.

ORDENARÉ QUE TE ROMPAN ALGUNAS COSTILLAS

En las concurridas calles de Buenos Aires, con el eco de los carruajes resonando en el empedrado, el barullo de los mercados y los vendedores ambulantes llenando el aire, las hijas de doña Inés comenzaban los complejos trámites sucesorios de su inmensa fortuna. Mientras tanto, en un rincón menos transitado de la ciudad, el astuto Peñaranda se ocupaba de resolver las necesidades logísticas de la banda, empeñando algunas armas de la remesa que le había enviado su hermano Vincent.

El 20 de julio, luego de compartir un mes de planes y secretos bajo el mismo techo que Peñaranda, el español Muñiz volvió a la humilde pensión de la calle México. Dos días después, las hermanas Dorrego y sus parientes políticos regresaron a la bóveda del cementerio de la Recoleta. Esta vez, para rendir homenaje a la memoria de su padre, don Luis, en un nuevo aniversario de su muerte.

En tanto, la banda enfrentaba el dilema de su composición. Entre los miembros, que incluían a los franceses Abadie y Michelange, el argelino Kadour y el italiano Moris, Patricio Abadie emergía como el más idóneo para asumir responsabilidades, aun a pesar de la etiqueta de «mocoso lampiño» que le había asignado Muñiz. De todas maneras, una inquietud rondaba al grupo de los criminales. Para consumar un clásico robo nocturno sería suficiente con tres o cuatro Caballeros. Sin embargo, el secuestro de un cadáver, sumado a la gestión del rescate y su cobro, exigía un mayor número de participantes. Fue indispensable posponer la acción y ocuparse de expandir al grupo.

Gracias a Peñaranda, Vicente Morate se unió a la sociedad. Este marinero griego, cerca de superar los treinta y dos años, era conocido por su atractivo y su prolijo bigote. Vivía en la misma pensión que el Gaité Abadie y tenía antecedentes: uno por robo y otro por una pelea. Audaz y resuelto, su entrada en la banda fue determinante para llevar a cabo ciertas acciones fundamentales. A su vez, el griego —apodado el Turco— atrajo a Daniel Espósito, un napolitano treintañero, alto, delgado, rubio y siempre vestido de negro.

La última incorporación fue aportada por el francés Michelange: el cigarrero español de veinticinco primaveras Joaquín Barreiro. Siete Caballeros, además de Alphonse y Florentino, era un número razonable para ejecutar el plan. Aunque antes debían resolverse algunas cuestiones. El encargo del cajoncito de madera de pino, destinado a ser el receptáculo de un rescate no convencional, recayó en manos de Morate, quien lo solicitó en una carpintería del pintoresco barrio de San Telmo. Sin embargo, surgieron complicaciones cuando se advirtió que el cajón terminó siendo demasiado grande, no solo para el volumen de billetes que debía contener, sino también para su transporte. Dieron instrucciones al Turco Morate para que acudiera a otro carpintero —el primero fue descartado por razones de seguridad— con el fin de que redujera el tamaño a la mitad.

Un nuevo inconveniente surgió a raíz de un altercado entre el belga y el mucamo. Peñaranda, decidido a llevar un par de armas al cementerio, recordó que le había entregado un revólver a Kadour para su seguridad, cierta vez que debía regresar de madrugada a su hogar, situado en una zona peligrosa. El argelino interpretó erróneamente que se trataba de un préstamo a largo plazo y, al enfrentar un apuro económico, lo había empeñado. Este hecho impidió que pudiera satisfacer la solicitud de su patrón cuando este le exigió la devolución del arma. Peñaranda reaccionó furioso y lo amenazó con represalias, tales como ordenar que otros Caballeros le rompieran algunas costillas (*Je donnerai l'ordre à d'autres Chevaliers de te briser quelques côtes*, le dijo). Al día siguiente, Kadour dejó los papeles de la sociedad en la casa del belga y renunció tanto a la asociación como a su empleo.

La baja de un miembro, a menos de una semana de llevar a cabo el secuestro, era una novedad sumamente desfavorable. Dispuesto a salvar la dificultad, Peñaranda recurrió a un integrante que se había alejado, el joven sastre Desalvo, y le encomendó una tarea en apariencia simple que sería generosamente recompensada. Pero evitó especificarle que participaría en la ejecución del primer golpe de la banda más sofisticada que se conociera por aquellos años.

LA CARTA EXTORSIVA

Según el plan, Peñaranda y otros cuatro —Morate, Espósito, Michelange y Moris— se encargarían del traslado del féretro, mientras él y otros tres —Abadie, Morate, nuevamente, y Desalvo— se ocuparían de cobrar el rescate. La restitución del ataúd al sitio original sería tarea de quienes lo sacaron.

El Gaité Abadie asumiría la responsabilidad de asegurar que el mensaje llegara a manos de las víctimas a través de un mozo de cordel. También estaría a cargo del envío de la posterior carta a las Dorrego con los datos para comunicarles la devolución del ataúd, contratando a otro mensajero.

Joaquín Barreiro, un recién llegado, aún no había tenido la oportunidad de demostrar de qué era capaz y si resultaba confiable, por lo que se decidió apartarlo de estas tareas. Muñiz, siempre al margen, era la carta hacia la libertad de su socio en caso de problemas.

El limitado número de integrantes obligó a dejar de lado una de las ideas singulares para proteger el anonimato de los asociados. Los antifaces no tenían sentido, ya que, salvo dos Caballeros, el resto conocía a Peñaranda, además de que algunos tenían contacto entre sí. Del mismo modo, el líder descartó la peluca, al menos para esta acción inicial de la banda.

El belga y Patricio Abadie revisaron minuciosamente cada detalle del plan. Una parte crucial recaía en la elección precisa de los mozos de cordel, ya que serían los intermediarios entre los criminales y la familia. Peñaranda aseguró al Gaité Abadie que iba a recompensarlo con veinticinco mil pesos, una suma que le permitiría, por ejemplo, abandonar la pensión y vivir en cualquier hotel de mediana categoría durante un año y medio. Era el mismo honorario que recibiría cada uno de los participantes, con dos excepciones. El joven Desalvo obtendría doce mil pesos, y el Turco Morate, cincuenta mil.

Una vez que el carpintero completó la caja punzó reducida, los jefes se concentraron en redactar la carta a Felisa Dorrego. Peñaranda elaboró el borrador y viajó a la localidad de San Fernando, ubicada a veinte kilómetros de la ciudad, para encontrarse con Muñiz en la quinta de Juan Bookart, el instigador de la conspiración de 1875 que condujo al español a prisión. Florentino examinó con atención las hojas y concluyó que debían hacerse modificaciones. Se juntaron nuevamente en la casa de Peñaranda el lunes a la noche y en un par de ocasiones más. En la última reunión sobre este asunto, Muñiz entregó al belga la nota que había sido reescrita con los nuevos cambios. El español tachó la cifra de un millón y anotó encima: «dos millones». Peñaranda no estaba de acuerdo, preocupado por que las hermanas Dorrego se negaran a pagar esa cantidad. Pero Florentino le aseguró que conocía suficientemente bien a la señora de Miró, que era muy timorata, y que si la familia se negaba a pagar, ella sola lo haría. En el peor de los casos, si no respondían, habría que prender fuego al palacio Miró.

La cúpula de la asociación tuvo que suspender temporalmente la redacción del mensaje extorsivo para abordar la cuestión de las armas que llevarían al cementerio. La única opción consistía en ir al banco de préstamos y quitar del empeño un par de los revólveres que habían llevado con anterioridad. El problema era que no disponían del dinero para rescatarlos. Peñaranda encontró la solución. Tomó alhajas de su mujer, incluyendo dos botones de oro, un anillo con una gran piedra negra, un medallón de oro con catorce perlas y una piedra turquesa, sin avisarle. Entregó las joyas a Muñiz, quien las llevó a Clodomiro Benguria. El prestamista las canjeó por doscientos cincuenta pesos, cantidad que Florentino utilizó para recuperar dos revólveres, mientras que el belga retomaba la redacción del manuscrito.

En su hogar, durante la noche del martes 23 y parte del miércoles 24, Alphonse Kerckhove de Peñaranda se esmeró en plasmar su mejor caligrafía en ocho hojas, dando forma a la correspondencia que sería entregada en el palacio Miró. Además, escribió los datos en el sobre y también la nota adicional que debía intercambiarse por el dinero. Concluyó la tarea a las seis de la tarde, cerró el sobre con lacre y partió a encontrarse con su socio. Todo estaba dispuesto para que esa misma noche los Caballeros concretaran el secuestro del cadáver en el cementerio de la Recoleta.

JUGADORES, ESTAFADORES, LADRONES Y LAVANDERAS

Agosto encontró a los comisarios de la ciudad de Buenos Aires inmersos en un torbellino de actividades. Isidoro Acevedo se enfrentó a la insólita tarea de lidiar con una mujer que, desafiando las convenciones de la época, vagaba por el barrio de Recoleta ataviada con indumentaria masculina.

Por otro lado, en su empeño por erradicar los juegos de azar ilegales, el comisario Tasso irrumpió en un establecimiento clandestino ubicado en la calle Suipacha, apresando a veintiún jugadores *in fraganti*. No lejos de allí, a escasas dos cuadras, sus incursiones tuvieron continuidad con más arrestos y el decomiso de artefactos del juego: un bolillero, bolillas, cartones de lotería y fichas talladas en hueso. Mientras tanto, Justiniano Moreyra, uno de los oficiales de mayor confianza, fue comisionado por el jefe Paz para capturar a una mujer que usurpaba la identidad de una homónima francesa, engañando a parientes en Europa para que le remitieran dinero. La impostora confesó su delito y fue incorporada al contingente de encarceladas.

El día 22, Tasso puso un alto, o más bien una pausa, a la carrera delictiva de Margarito Ruiz, el estafador. Al siguiente día se resolvió otro caso pendiente: un joven empleado en una residencia, apodado el Vasquito, se había fugado con todas las joyas de la familia. No tardaron en capturarlo. El Vasquito admitió haber obrado bajo las órdenes de un hombre al que nunca más vio ni pudo reconocer. A pesar de las escasas pistas, el diligente trabajo detectivesco de los comisarios Cueto y Acevedo condujo al arresto de Ángel Díaz y Bartola Cabrera y a la recuperación de los bienes robados, ocultos en un populoso conventillo de Garantías y Chavango. La detención coincidió con el día en que Agustín Suffern era reconocido por la pulcritud, el orden y la distinción de su comisaría céntrica, en notable contraste con las demás. Este comisario, hijo de inglés, era un personaje de vasta experiencia y profundo conocimiento en su ámbito, destacándose por su capacidad para observar y analizar con agudeza tanto personas como situaciones. Aunque no encarnaba el arquetipo del intuitivo detective monsieur Lecoq, que gozaba de popularidad en las novelas de la época, Suffern se destacaba por su excepcional dominio de las técnicas y estrategias policiacas. Su aplomo y seguridad eran especialmente valiosos en el trabajo colaborativo.

El principal desafío de aquellos días era desarticular una compleja red de falsificadores. El jefe Paz organizó un equipo especial para la misión, integrado por los comisarios Tasso, el Colorado Suffern y Gregorio Segovia, más el oficial Pedro Basso, reconocido por su habilidad en la investigación callejera tras desenmascarar a los ladrones de la sastrería Los Tres Mosqueteros y también por haber recuperado el reloj sustraído al ministro Victorica. Gracias a la combinación de habilidades únicas y experiencia compartida entre sus miembros, el cerco sobre los falsificadores se estrechaba al iniciarse la última semana del mes.

El miércoles 24, la seccional de la Recoleta, bajo el mando de Acevedo, recibió a dos lavanderas, Mariana Giménez y Carmen Sosa, demoradas tras protagonizar un altercado en Callao y el río, originado por un ocultamiento de prendas. Esa noche, mientras Giménez atendía sus heridas, resultado de haber llevado la peor parte en la contienda, a poca distancia de la comisaría el intrincado plan de Muñiz y Peñaranda empezaba a tomar forma.

Paz y sus hombres aún no lo sabían, pero el caso de los falsificadores tendría que esperar.

TERCERA PARTE

EL SECUESTRO

Peñaranda tomó la carta y caminó siete cuadras hasta el bar del francés Dupont, donde se habían citado con Muñiz a las ocho de la noche. El dueño se acercó para atenderlo, pero el belga le informó que estaba esperando a alguien. Diez minutos después, llegó el español y pidieron dos vasos de vino seco. Peñaranda entregó la carta a su socio, tal como habían planeado, ya que, en caso de ser detenido, debía evitar que se develara toda la trama. Muñiz, por su parte, le pasó las dos armas. Determinaron en qué bar se reunirían a la mañana siguiente, apuraron los tragos, dejaron el pago en la mesa y se retiraron del Café de Dupont.

Mientras el español se encaminaba hacia la pensión de la calle México, apenas a dos cuadras, y Peñaranda regresaba a su hogar, Vicente Morate se dirigió a la fonda de Milán, donde Michelange atendía a los parroquianos. Aunque no se habían visto antes, el Turco Morate contaba con suficientes referencias para localizar al francés. Le comunicó que debía presentarse esa noche a las diez en el almacén de la Liga Lombarda, un lugar muy concurrido, especialmente por la colectividad italiana.

En su domicilio, Alphonse Peñaranda se vistió con ropas oscuras, cargó las armas, tomó el frasco de cloroformo, una cuerda de ocho metros de longitud y una caja de fósforos, para luego dirigirse a Libertad y Cuyo, el domicilio de la Liga Lombarda.

Los integrantes de la banda convergieron en el punto de encuentro preestablecido. El último en llegar fue Michelange. En un rincón apenas iluminado, rodeados por una nube de humo de cigarrillo y el aroma de alcohol barato, compartieron vasos de vino caliente con especias, un bálsamo contra el frío exterior, pero más aún, para la disposición del ánimo. Los cinco hombres intercambiaban miradas cómplices y vagos susurros. El murmullo de la mesa apenas se vio interrumpido por las serenas instrucciones del belga, el cerebro maestro de la operación. Concluido el ritual de la infusión, Alphonse asumió la responsabilidad de liquidar la cuenta. Emergieron a la frescura de la noche, caminaron tres cuadras por Corrientes y en la esquina de Suipacha abordaron el tranvía del Anglo Argentino. Dos de los seis asientos transversales acogieron a estos hombres que iban tomando conciencia de su inminente protagonismo en el primer golpe de la banda, a medida que avanzaban en el trayecto de veintidós cuadras. Moris, inquieto, pero disfrutándolo. Michelange, el menos sereno.

El viaje era un collage de sonidos: las lonas que los protegían del exterior golpeaban los asientos; se sumaba el chirrido de las ruedas, el resoplido de los dos caballos y el tintineo insistente de la campana, agitada por el cochero para advertir a los peatones desprevenidos. El tranvía condujo a los Caballeros hasta la estación Recoleta, en Vicente López y Azcuénaga, donde completaba su recorrido. El belga los guio por esta última calle que lindaba con la parte trasera del cementerio.

Caminaron con sigilo junto al muro hasta detenerse frente a la pequeña puerta y los ladrillos que ya habían identificado. Peñaranda probó infructuosamente si estaba abierta. Entonces, el Turco Morate, Peñaranda, Moris y Espósito treparon por la pila y saltaron la pared. Michelange permaneció en el lado exterior, vigilando con atención. El reloj marcaba las once en punto y era la primera noche de luna nueva del mes.

El frío inclemente de agosto se evidenciaba en sus rostros. Siguiendo el liderazgo del belga, el grupo avanzó hacia la bóveda de la familia Dorrego. En un rápido movimiento, Morate, con un certero codazo, hizo añicos el cristal de la puerta del sepulcro. En un segundo movimiento, asió la manija interior y liberó el pestillo. El Turco y el belga descendieron al subsuelo portando fósforos encendidos. Serían útiles para no tropezarse e identificar el ataúd sin pérdida de tiempo. En medio del olor a tierra húmeda y a madera envejecida, que se mezclaba con cierto tufo que emanaban los cuerpos en descomposición, dieron con el cajón de jacarandá. Lo aseguraron a la soga para que los italianos pudieran izarlo. Si bien la operación iba bien encaminada, un movimiento brusco del pesado cajón golpeó otro vidrio y lo partió. Durante unos segundos, el cuarteto se mantuvo inmóvil, aguardando la confirmación de no haber sido advertidos. Así fue, y pronto se encontraron fuera de la bóveda con el féretro de doña Inés, ante un silencio espeluznante. Trasladaron el ataúd al nicho señalado por Peñaranda. Tres o cuatro veces intentaron encajarlo. Sin embargo, resultó ser demasiado grande para el espacio disponible. El cálculo previo había fallado. Los nervios aumentaban.

Peñaranda optó por que lo llevaran a un sepulcro que habían descartado. Estaba más lejos, pero se presentaba como la solución ante la emergencia. Era una bóveda descuidada, cuya puerta de mármol no estaba debidamente cerrada. Luego de ingresar el ataúd sin dificultad, lo bajaron al subsuelo, donde lo depositaron de canto y rodeado con la soga para facilitar el retiro. Con las manos entumecidas por el frío, Peñaranda arrancó dos jacintos de otra tumba. Los colocó con sumo cuidado en la puerta de una cripta cercana, marcándola de manera que se pudiese localizar fácilmente en su retorno, previsto para la noche del viernes 26.

La operación completa demandó cuarenta minutos. Regresaron al muro de los ladrillos, exhalando vapor de sus alientos con intensidad. Saltaron hacia el exterior una vez que Michelange respondió con el silbido que indicaba que la zona estaba despejada. Sin embargo, un nuevo contratiempo surgió durante el escape. Al saltar el muro para retirarse, un mal paso llevó a Francesco Moris a torcerse el tobillo. Sus compañeros se sintieron contrariados, conscientes del riesgo de ser descubiertos.

A pesar de los imprevistos, el secuestro había sido un éxito, y ya no quedaban riesgos evidentes por delante. Pero la contingencia de Moris obligó a realizar cambios. Si bien el plan original era alejarse a pie por el Bajo y reponerse del frío en un boliche portuario, Espósito acompañó a Moris a la estación Recoleta, donde tomaron un tranvía. Peñaranda, el Turco Morate y Michelange caminaron las doce cuadras hasta el bar de la Capitanía del Puerto. Fue allí, mientras se reconfortaban con el calor del café, cuando Pablo Michelange finalmente comprendió la magnitud de lo ocurrido dentro del perímetro del cementerio.

Los Caballeros de la Noche se retiraron satisfechos y fueron alejándose hasta que se los comió la niebla. La primera fase logró completarse, dejando como saldo un herido. Al día siguiente, entraría en acción el alfil de la banda, el Gaité Abadie.

PLAN EN MARCHA

La noche del miércoles fue rindiéndose hasta la última de sus sombras, cediendo paso al amanecer del jueves 25. Habían transcurrido varias horas desde que el féretro con los restos de doña Inés Indart descansaba en el incómodo escondite provisional que el belga Kerckhove de Peñaranda le había escogido. Buenos Aires se desperezaba ajena a los manejos clandestinos e intrépidos de la banda de los extranjeros. Aquella mañana, varios asuntos críticos demandaban la atención inmediata de los conspiradores.

A medida que las primeras luces del día se filtraban entre los edificios, bañando los empedrados de un dorado resplandor, en la calle del Buen Orden, entre Moreno y Belgrano, el Café de los Vascos crecía en actividad. Era un bastión de citas furtivas, clásico punto de encuentro de comerciantes, proveedores y gestores. Allí los convocaba una taza de café y la planificación de la jornada. Ese fue el sitio establecido por los cabecillas de la sociedad clandestina para el primer encuentro del día.

Florentino Muñiz, mezclando precaución con firmeza, atravesó el umbral del recinto. Resguardada por su abrigo, llevaba la carta que había quedado bajo su custodia. Al fondo, en una mesa que prometía discreción, Peñaranda lo esperaba expectante.

Entre el repiquetear de tazas y conversaciones en voz alta, Muñiz tomó el grueso sobre y lo deslizó por la mesa. El intercambio fue sutil y breve, casi imperceptible para los demás comensales, quienes seguían inmersos en sus propias rutinas. La conversación entre los dos hombres giró en torno a los eventos de la noche anterior, incluyendo el imprevisto cambio de ubicación del féretro y el incidente que había sufrido Francesco Moris. Peñaranda compartió buenas nuevas sobre la cooperación del Turco Morate, un candidato potencial para convertirse en un lugarteniente clave de la organización. Los cabecillas repasaron el plan, vaciaron sus tazas de café y se dispersaron, adoptando caminos distintos para no levantar sospechas.

El belga, portador ahora de la crucial misiva, se encaminaba hacia su siguiente cita, dejando atrás el bullicio del Café de los Vascos. Debía encontrarse con Vicente Morate, quien esa mañana se había encargado de retirar de la carpintería el cubo carmesí de madera, de ochenta centímetros por lado y un grosor de cuatro centímetros. Estos elementos, la carta y el cajón, eran cruciales para la delicada misión que ejecutaría Patricio Abadie, el audaz protagonista del día: notificar a las hermanas Dorrego del secuestro.

Peñaranda se acercó al centro de la ciudad. En un tramo de la calle Suipacha, inusualmente tranquilo esa mañana, se encontró con el marinero griego. La cortesía de los saludos fue efímera, cada uno consciente de la importancia del momento y del poco tiempo que tenían para las formalidades. El belga tomó el cajón y caminó cincuenta metros hasta la esquina de Cuyo. Luego de dos minutos hizo su aparición el Gaité Abadie, irradiando ese habitual optimismo infalible que parecía desafiar la gravedad de su misión.

—*Voici* —dijo Peñaranda antes de extenderle los dos objetos.

Luego le entregó dinero y le recordó la cita vespertina en su hogar.

Patricio asintió con una sonrisa y unas palabras en francés. Colocó la carta en un bolsillo del saco negro y envolvió la caja con su brazo derecho. Inclinó la cabeza con gesto amable y se dirigió hacia la efervescencia de la calle Corrientes.

El belga permaneció inmóvil, observando cómo la silueta del francés con la caja se fundía con el paisaje urbano. Ahora sí, Peñaranda sentía que su papel en la compleja trama urdida con Muñiz había llegado a un momento de pausa, una breve calma antes de la acción vertiginosa que lo aguardaba en horas.

Giró sobre sus pies y caminó en sentido contrario. Al voltearse, dejó escapar un suspiro y en forma instantánea cambió la expresión de su rostro. Sus pensamientos se enfocaron en las boticas que visitaría a continuación, esos santuarios de saberes antiguos y alquimia, donde el aroma de hierbas y elixires componía el aire. Para Peñaranda, estos espacios eran más que simples proveedores del sustento diario. Eran oasis en el desierto de su existencia, lugares donde, por un momento, podía escapar de la marea que lo arrastraba día tras día.

Todo estaba dispuesto, nada podía fallar. Lo único que lo aterraba era que algún miembro de la banda hablara de más. La posibilidad de una traición dentro de su círculo lo atormentaba, llevándolo a contemplar soluciones en su botiquín, tan oscuras como eficaces. Porque nada ni nadie podía arrebatarle la criatura que concibió con Florentino Muñiz. Los Caballeros de la Noche, el fruto de sus ambiciones compartidas, estaba a punto de dejar su marca indeleble en el entramado criminal de Argentina y más allá.

EL MANCHADO

El escenario para la siguiente jugada se trasladó a la concurrida esquina de Corrientes y Suipacha. Allí, Patricio solicitó los servicios de un ignoto mozo de cordel, asegurándose de su conocimiento sobre la ubicación del palacio Miró, en Temple y Libertad. Le confió la misión de transportar el cubo colorado junto con la carta hasta aquel destino. La figura de un changador, conocedor de los recovecos y secretos de Buenos Aires, era esencial para asegurar la entrega sin despertar sospechas. A las 10.40, el encargo fue cumplido. Los Caballeros de la Noche emergían de las sombras y comenzaban a revelarse ante el mundo. La cuenta regresiva se había iniciado.

Tras comunicarle a Peñaranda el resultado de la gestión, más un almuerzo que ofreció una pausa en medio de la tensión, Abadie se preparó para el siguiente acto de esta jornada.

A las tres de la tarde, se dirigió al almacén de José Pipo Gallero, un establecimiento con olor a especias y madera, ubicado en la esquina del paseo de Julio con Cuyo. Adquirió cigarrillos y se detuvo a fumar a la entrada del local durante unos minutos. Luego, reingresó para inquirir a Pipo por un mozo de cordel fiable.

El almacenero, asomándose a la calle, gritó: «¡Manchado!», captando la atención de los transeúntes. Se acercó un hombre cabizbajo, conocido tanto por su físico robusto como por la distintiva mancha de coloración que adornaba el lado derecho de su rostro. Antonio Peri, quien había cumplido recientemente sus cuarenta y cuatro años, reconocido por su labor como estibador en muelles y riberas, no dudó en aceptar la tarea que le propuso el francés: acompañarlo hasta el pueblo de Belgrano, con la promesa de cubrir el costo del viaje y una gratificación por su tiempo.

Desde la estación Central de Buenos Aires, ubicada a escasas cuadras del almacén, Abadie y Peri embarcaron en el tren de las 3.35 hacia el norte.

La locomotora despidió una nube de vapor y comenzó su recorrido con puntualidad, acompañado de un estruendo que resonó en el aire de la tarde. Abadie y el Manchado, sentados cerca de una ventana, observaban el paisaje urbano transformarse gradualmente en escenas más rurales. Tras superar las estaciones de Retiro y Recoleta y aproximarse al arroyo Maldonado, límite de la Capital Federal, el Gaité reveló los detalles de la misión a Peri. Su tarea, simple pero inusual, consistía en arrojar una caja al lado de las vías al día siguiente, una vez cruzado el Maldonado, para luego continuar hasta Barrancas de Belgrano, donde concluiría su participación.

Era la primera ocasión en la que el experimentado mozo de cordel recibía un encargo semejante. Consultó si el guarda del tren le permitiría llevar a cabo la tarea. Abadie le aseguró que se trataba de una actividad rutinaria, pero que el mandadero que solía ocuparse estaba enfermo. La respuesta tranquilizó al Manchado, quien entonces aceptó el trabajo sin titubear.

Mientras los viajeros disfrutaban de vasos de vino en la confitería de la estación de las Barrancas de Belgrano, los jefes se reunían en el centro y Peñaranda le confirmaba a Florentino que la caja y la carta ya habían sido recibidas en el domicilio de la viuda.

Abadie y Peri regresaron juntos a la ciudad. Patricio citó al Manchado para el día siguiente, a las 11.30, en la Fonda Española, ubicada a pocos metros de la estación, para entregarle la caja que debía arrojar.

Con la tarea debidamente asignada, Patricio compartió los resultados con el belga antes de retirarse a su hogar en la calle Brasil. Ya no había nada más que hacer aquel jueves, salvo esperar que corrieran las horas. Al día siguiente, el Gaité Abadie, el Turco Morate, el joven Desalvo y el jefe Peñaranda tendrían más actividad y enfrentarían mayores riesgos.

EN EL PALACIO

El mensajero entregó una caja color punzó vacía y un elegante y abultado sobre, con la inscripción «Señora doña Felisa Dorrego de Miró. Temple esquina Libertad», en la puerta secundaria de la residencia. Una planta más arriba, en la opulenta sala de estar del palacio Miró, doña Felisa clasificaba meticulosamente las esquelas de invitación a una festividad benéfica, en el momento en que una criada pidió permiso para ingresar. Portaba la caja y el sobre. Felisa Dorrego continuó con las invitaciones y, absorta en la tarea, no prestó demasiada atención cuando la joven dejó la carta y el cubo en una mesa baja. Supuso que se trataba de una de las tantas donaciones que recibía. El ambiente se teñía con un aire perfumado por los aceites y velas de una araña que resaltaba la talla de los muebles y los tapices que adornaban el lugar.

Con la última esquela de invitación en su mano, Felisa Dorrego se permitió un breve momento de descanso. Sus ojos recorrieron el amplio espacio, deteniéndose en cada detalle que evocaba recuerdos y emociones profundas. Allí, en cada objeto, estaban acompañándola, de cualquier forma posible, su amado Mariano, su madre adorada y también su hermana Teresa, quien apenas pudo conocer la magnífica casona.

La dama se puso de pie y, con pasos lentos que resonaron en el silencio de la sala, se dirigió a la galería superior que daba al parque. Iba en busca de un poco de aire libre y luz natural. Allí se tomó un momento para reflexionar, recordando con un suspiro a su madre fallecida, cuyo luto aún portaba. Se acercaba el segundo mes de ausencia física, solo física, de la matriarca que enseñó a ella y sus hermanas a ser virtuosas y agradecidas. Una sombra de melancolía se advertía en sus ojos, reflejo de la reciente pérdida y la carga del legado familiar que ahora descansaba sobre sus hombros.

Por la acción de la difunta doña Inés y sus hijas, la galería inferior se transformaba en el centro de operaciones el día de la colecta para los Niños Pobres, el reparto de regalos durante la festividad de la Adoración de los Reyes Magos o la entrega de ropa a las madres con necesidades básicas insatisfechas.

Desde las alturas, dio indicaciones a un ayudante de jardinería. Faltaban cuatro semanas para la llegada de la primavera y deseaba que el parque luciera sus mejores colores. A las once, fue llamada a almorzar. La acompañaron en la mesa de nogal para dieciocho cubiertos su hermana Ángela y la hija de esta, Victoriana Ortiz Basualdo de Llavallol. La conversación giró en torno a la próxima reunión benéfica y algunos asuntos vinculados a la sucesión de doña Inés.

Después del mediodía, cerca de la una y cuarto, regresó a la sala superior y prestó atención a aquella carta con trazos en tinta oscura y una particular caligrafía. Pero lo más llamativo era el espesor del sobre. Con sorpresa y curiosidad, rompió el sello de lacre, tomó las hojas, las desdobló y sus ojos recorrieron las primeras oraciones. El rostro de la dama se transformó, en una mezcla de incredulidad y preocupación. Sus manos temblaban. Mientras leía la inquietante carta, palideció; las palabras escritas relataban con detalle escalofriante el secuestro del féretro de su madre, una revelación que la dejó en estado de conmoción.

Se echó sobre un sillón, sin terminar de leerla. Llamó con un grito a su hermana y sobrina, quienes ingresaron al ambiente sonriendo porque les resultó simpáticamente curioso que Felisa, la mayor de las Dorrego, alzara la voz. Pero bastó que la vieran inclinada, con una expresión de horror en el rostro, para comprender que en su mano sostenía una pésima noticia. Felisa, con voz temblorosa, compartió los perturbadores detalles con las sufridas mujeres. Dos criados partieron corriendo al centro de la ciudad, en busca de las otras dos hermanas, los cuñados y algunos sobrinos.

Durante una hora fueron llegando los convidados al desgraciado momento, quienes ocuparon asientos en el salón principal, el del piano de cola y los cuatro grandes espejos en las paredes. Las damas, con los ojos empañados por las lágrimas, buscaban consuelo mutuo. Entre sollozos ahogados, miradas perdidas y suspiros pesados, los hermanos Martín y Felipe Llavallol, este último casado con Victoriana, cabalgaron hacia el cementerio con el corazón oprimido por la incertidumbre. Dejaron sus caballos al cuidado de un niño, más una moneda de recompensa, y corrieron hasta la bóveda, donde pudieron ver con sus propios ojos la cruda realidad de la amenaza.

Al retornar al palacio Miró, sus rostros reflejaban pesar. Confirmaron que la puerta de la tumba había sido brutalmente violentada, y el ataúd que resguardaba a doña Inés había desaparecido.

Las lágrimas se hicieron presentes, una vez más. Los hermanos Ortiz Basualdo, unidos en matrimonio con Ángela y Magdalena Dorrego, compartieron sus puntos de vista. En cuestión de minutos, toda la familia se encontraba deliberando sobre los pasos a seguir, apremiada por el correr de las horas y en un ambiente cargado de tensión. Tras leer la carta detenidamente en varias ocasiones, concluyeron que debían informar al jefe de Policía. A las ocho de la noche, Manuel Ortiz Basualdo y Felipe Llavallol se entrevistaron con Marcos Paz en el Departamento Central.

Al completar los primeros cuatro o cinco párrafos, el jefe se desplomó sobre el sillón, imitando en su conducta a doña Felisa. Encendió un cigarrillo y continuó leyendo. Un grupo de delincuentes quería poner a prueba su reputación. El grave desafío estaba planteado.

EN LA POLICÍA

Paz prestó excesiva atención a cada oración y cada palabra de la carta. La letra redondilla francesa, empleada para la caligrafía —habitual en documentos comerciales—, también picaba su curiosidad. El contenido era aún más inquietante:

> Al pasar vista por estas líneas, tal vez encontrará que sus sentidos desfallezcan. Pero este es un mal que no tiene remedio, y nos encontramos impulsados, con todo nuestro pesar, a proceder por causas ajenas del modo que lo hacemos.
>
> Estos preliminares puestos, venimos sin más comentarios a participarles a ustedes que los restos mortales de su finada señora madre, doña Inés de Dorego, que reposaban desde hace poco tiempo en la bóveda de la familia de los de Dorego, han sido sacados por nosotros mismos en la noche pasada del 24 al 25 del corriente mes, y que por consiguiente se encuentran en nuestro poder fuera del camposanto de la Recoleta.
>
> Al mismo tiempo, añadiremos que estos restos están rodeados de respeto y volverán intactos al lugar de donde han

sido sacados, pero es bajo una condición: si ustedes quieren ser condescendientes con nosotros.

Sabemos que doña Inés de Dorego, al morir, dejó a sus queridas hijas una fortuna colosal.

Sabemos que esas hijas la lloran y la veneran, habiendo sido ella con ellas madre amante y cariñosa; y que esas hijas, por todo el oro del mundo, no consentirían ver estos restos sagrados ultrajados y tirados al viento en tierras profanas y desconocidas.

Sabemos que la familia de los señores de Dorego está, con justa razón, celosa de un nombre ilustre y sin mancha, que la vil crítica no ha podido, no puede ni tal vez podrá alcanzar nunca.

En fin, sabemos que para las ricas y poderosas herederas de doña Inés Dorego, deshacerse, por ejemplo, de cinco millones de pesos moneda corriente le sería una friolera, una cantidad insignificante.

Sin embargo, puesto que llegamos al caso, o mejor dicho a esa condición de que acabamos de hablar, no queremos ser exigentes en demasía, y nos conformaremos con las dos quintas partes, es decir, con dos millones de pesos moneda corriente.

Con más claridad y en resumen: ustedes, doña Felisa Dorego de Miró y familia, nos abonarán en el término de veinticuatro horas la cantidad de dos millones de pesos moneda corriente, que son ochenta mil patacones, si quieren que los restos de su finada madre, doña Inés de Dorego, sean devueltos intactos y respetados al santuario mortuorio de la familia de donde han sido sacados, sin que nadie siquiera sepa lo sucedido, se lo juramos.

(Más adelante, encontrarán las explicaciones, de qué manera deberá efectuarse esta entrega).

En caso de no conformarse con nuestro pedido y rehusar de abonarnos en el término indicado dicha cantidad es de nuestro deber hacer presente, I°: Que en represalia de su mala voluntad y obstinación con nosotros, nos veríamos obligados a sacar de la caja donde reposan los restos venerado de su señora madre, doña Inés de Dorego, y después de ultrajarlos y reducirlos a cenizas, tirarlos a los cuatro vientos, sin que nunca nadie sepa ni dónde ni cómo.

Hacerles presente, II°: Que indudablemente la justa crítica de una ciudad y de una nación les cubrirá de vergüenza y de lodo, manchando para siempre su nombre ilustre hasta la fecha. «Hijas tan ricas», dirán, «y tan desnaturalizadas, que por no desprenderse de un poco de oro, y bajo fútiles pretextos, han ahogado todo grito de la naturaleza, del amor filial, del agradecimiento, del deber y de su misma conciencia».

Hacerles presente, III°: Que somos muchos y poderosos, que nuestra asociación cuenta con hombres resueltos hasta la muerte. Pues lo juramos, tarde o temprano, nuestra venganza les alcanzará en estos mismos palacios, en que les dejó su señora finada madre doña Inés de Dorego.

Al fin, hacerles presente, IV°: Que todas las precauciones, todas las medidas más estrictas que aconsejan la prudencia, han sido tomadas por nuestra parte, y serán tomadas para burlar, en todo y por todo la acción de la policía.

Antes de tomar una resolución, ¡piénsenlo ustedes bien! Que esta resolución no sea hija de una obcecación o arrebato momentáneo e irreflexivo: el remedio podría ser peor que el mal.

Hasta ese punto, las cinco primeras hojas de la carta que recibió doña Felisa, acompañada por otras páginas, que expresaban:

Nota bene:

Al sacar los restos de doña Inés de Dorego, hemos tratado de no dejar rastros de ninguna clase, impidiendo de esta manera que al ser público el hecho desde un principio llegue al conocimiento de la autoridad, que les perjudicaría ella misma en su celo. Seguramente no tendría el resultado esperado, sino impedirnos recibir sin peligro el rescate exigido, a pesar tal vez de la buena voluntad de su parte, y en la duda, obligarnos lo mismo a la venganza.

Que la persona que ustedes mandarán a la Recoleta para cerciorarse de la verdad sea de su confianza y lo haga con prudencia y precaución. Es un consejo para su interés como para el nuestro.

Los C. de la N.

Finalmente, las instrucciones plasmadas en las últimas dos hojas:

Advertencia:

Junto con esta carta va un cajón sencillo y de madera ordinaria, pintada de colorado. Sírvanse poner en él la cantidad pedida, dos millones de pesos moneda corriente, ni un real menos, el todo envuelto, si es posible, en unos papeles enlacrados y, por encima, un poco de paja, que se deje ver por las hendiduras de costado de la tapa; en fin, esta clavada en debida forma. Pero nada que pueda hacerla llamar la atención, por la razón muy sencilla que la persona que se presentará mañana viernes a las diez y media de la mañana para recibir dicho cajón ignorará absolutamente y completamente lo que va a recibir y llevar en él. También ignorará quién lo manda y a quién tendrá que entregarlo. Esta persona llevará una carta con el sello siguiente [el de las iniciales de los Caballeros].

Por consiguiente, no dirigirle siquiera la palabra y no hacerle preguntas de ninguna clase, que pudiera darle a sospechar algo, o hacerle maliciar que va a llevar consigo valores. El mal sería para ustedes. Sírvase también despacharlo lo más pronto posible, y para el efecto tener el cajón pronto. Es excusado seguir sus pasos o espionarlo, pues estaremos muy alertas, y más de uno con el ojo muy abierto. Una imprudencia de esta clase perdería todo. Pues lo volvemos a repetir, y no podemos repetirlo suficientemente, queriendo evitar de esta manera un error de parte de ustedes, hemos tomado todas nuestras precauciones, todas las medidas que aconseja la prudencia, haciendo imposible toda clase de pesquisa.

Los C. de la N.
Buenos Aires, agosto 25 de 1881

Paz comprendió la gravedad del asunto. Tal vez, la sofisticada banda delictiva había desplazado hombres en las cercanías del edificio policial con el fin de captar algún movimiento inusitado. Para evitar complicaciones, organizó un encuentro confidencial con una selección de comisarios, lejos de miradas indiscretas. Se comunicó con su hermana y le planteó que, por una cuestión de extrema necesidad, debía organizar una reunión en su casa. Emilia Paz de Aguirre abrió las puertas de su hogar para convertirlo, a partir de las diez de la noche, en el estratégico centro de operaciones de la cúpula policial.

Acudieron al llamado de su jefe: el secretario García Merou y el asesor legal Pinedo más los comisarios Baldomero Cernadas, Gregorio Segovia, Acevedo, Cueto y el Colorado Suffern. Tasso también se sumó, aunque más tarde. La jefatura enfrentaba un caso inaudito: jamás se había secuestrado un cadáver en un cementerio de la Argentina.

Analizaron la carta y pronto arribaron a la conclusión de que su autor era extranjero y con una sólida educación, posiblemente francés, belga o suizo. La incapacidad de pronunciar la erre, característica de los francófonos, se evidenciaba por las menciones del apellido Dorego, en vez de la forma correcta Dorrego. La incógnita sobre el significado de la sigla «Los C. de la N.» los turbaba. Pero, sin detenerse en el acertijo, dirigierón su atención al operativo cuidadosamente trazado para poner en práctica la mañana siguiente, durante la ejecución del pago. Sobre una mesa, desplegaron un croquis. Paz, abandonando la formalidad, con la camisa arremangada y un cigarrillo de tabaco negro en sus labios, señaló cinco o seis sitios del mapa y compartió su estrategia. Se había propuesto organizar una redada policial al mejor estilo parisino, con despliegue de hombres, para que ninguno de los pillos escapara.

La familia de la víctima fue instada a no intervenir y a entregar a los secuestradores la famosa caja punzó cerrada, con papeles de diario convenientemente separados y un montón de paja que se asomara por las hendiduras. El resto correría por cuenta de los representantes de la ley.

Paz y su selecto grupo de hombres asignaron las responsabilidades entre unos treinta efectivos que participarían del operativo.

En la madrugada del 26 de agosto, dos bandos aguardaban, expectantes, la acción que los envolvería en pocas horas.

LA VECINA INDISCRETA

A las nueve de la mañana, Alphonse Kerckhove de Peñaranda se presentó en la pensión donde se alojaba Florentino Muñiz. Vestía de negro, con una levita confeccionada a medida y el sombrero bombín, además de una de sus características camisas blancas impecablemente planchadas. Le entregó a su socio los dos revólveres que, por precaución, habían llevado el miércoles al cementerio. El español iría a empeñarlos otra vez, ya que se necesitaba dinero para cubrir los gastos del día más importante en la historia de Los Caballeros de la Noche.

Unas veinte cuadras hacia el norte, el comisario Pablo Tasso avanzaba camuflado en el atuendo de un vendedor ambulante, aproximándose a las inmediaciones del palacio Miró. Había tenido escasas horas de sueño, tras reunirse con el jefe de Policía en casa de la hermana, pasada la medianoche, y luego entrevistarse con su hombre de confianza, el cabo primero Honorio Mayorga. Llegó a su hogar tarde en la madrugada, portando consigo un atado de ropa. Tras un par de horas de descanso, se encaminó a su posición. Nadie sería capaz de reconocerlo detrás de la barba postiza descuidada, el sombrero viejo de castor, la chaqueta y los pantalones remendados de pana, la camisa en penosas condiciones de aseo y unas alpargatas inmundas y rotas, por donde asomaban los pulgares. Cargaba sobre sus hombros una vara de la cual pendían canastos con gallinas alborotadas y frágiles huevos.

En otro punto de la ciudad también se producían movimientos inusuales. A las diez, en la entrada del cementerio del Norte, se reunieron siete jefes y unos veinte efectivos que arribaron para dar inicio al operativo. La cúpula policial pensó que era probable que el féretro se hubiera escondido en otra tumba, considerando las dificultades que surgirían al intentar trasladarlo. Estaban presentes Paz, García Merou, Pinedo y los comisarios Acevedo, Suffern, Segovia y Cernadas para comprobar si la sospecha era fundada.

—Comisario Acevedo: cierre el cementerio y arreste a todos los que están en su interior, sepultureros, peones de obra y visitantes.

—A la orden, señor jefe.

Mientras los policías clausuraban el lugar y los comisarios se dirigían a la bóveda de los Dorrego para revisar la escena en busca de pistas, en las inmediaciones del palacio Miró, el colega Tasso ofrecía la mercadería a los gritos y con acento napolitano: «*Hovo, pullu!*». Los gestos y modales también estaban muy bien logrados. En su papel de ambulante, se suponía que iba a recorrer el barrio vendiendo, pero la tarea lo agotaba y además su misión consistía en ubicarse en un punto fijo, con vista a la entrada del palacio. Se recostó perezosamente en la plaza del Parque, a treinta metros de la residencia, con el pretexto de descansar, acompañado de las gallinas inquietas. Desde un balcón en una planta alta de la calle del Temple, una mujer mayor le gritaba con insistencia, instándole a subir y venderle huevos. Aunque Tasso se hacía el distraído, la mujer elevaba sus gritos, llamando la atención de quienes circulaban por allí. Era inevitable que todas las miradas alternaran entre la señora del balcón y el vendedor cansado. El propósito de pasar inadvertido estaba teniendo un efecto contrario.

En la esquina de la casa, junto a un gomero, se encontraba el cabo Mayorga, ataviado como un mozo de cordel, con lata al cuello y soga en el hombro. Estaba tan alterado como su jefe por la situación. Tasso entrecerró los ojos para observar disimuladamente la edificación. Advirtió que tenía tres plantas. Consideró que subir escaleras y concretar la venta le demandaría al menos quince a veinte minutos, tiempo suficiente para que los delincuentes pudieran burlar la vigilancia policial. Mayorga hacía los mismos cálculos, y ambos sospecharon que la insistencia de la mujer podría ser parte del plan de distracción orquestado por la banda.

En Corrientes y Suipacha, a cinco cuadras del área de los gritos y el cacareo de las gallinas, se encontraba el almacén Suizo. En la puerta, el Gaité Abadie conversaba con José Bossi, un mozo de cordel italiano de treinta y cuatro años, que había sido recomendado por el dependiente del negocio. Bossi, una insospechada pieza clave del rescate, recibió una nota junto con las instrucciones. Debía dirigirse a la residencia Miró, entregar la carta y retirar la caja, para llevarla a la estación Central. Le mostró una nota escrita por él mismo en la hoja de cuaderno recortada. La instrucción era que tenía que entregar el cajoncito a la persona que le mostrara esa esquela en la estación. El mozo de cordel italiano se encaminó al palacio, a cumplir su tarea, convirtiéndose en un circunstancial, aunque cándido, integrante de la banda.

A medida que se acercaba, el mensajero Bossi percibía con mayor nitidez los gritos de la misteriosa mujer al vendedor de las inquietas gallinas.

EL MENSAJERO

A las 10.35, Peñaranda y Muñiz se encontraron en Piedad, entre San Martín y Reconquista, a pocos metros del negocio del prestamista Benguria y a dos cuadras de la estación del ferrocarril Buenos Aires. Muñiz entregó a su socio los trescientos pesos que había obtenido por las armas empeñadas. Acordaron reunirse nuevamente a las cuatro de la tarde en la confitería Los 36 Billares, ubicada en la calle Piedad. Los líderes de la banda se separaron, y, en otra esquina, el belga se reunió con el Gaité Abadie y le dio una parte del dinero. Mientras tanto, en una calle cercana, el Turco Morate también necesitaba efectivo. Peñaranda lo abasteció y luego se dirigió hacia la parada del tranvía a Belgrano para iniciar un viaje fundamental, de acuerdo con el plan trazado.

En el cementerio, Marcos Paz y su comitiva llegaron a la bóveda violentada. La puerta exhibía dos vidrios rotos en direcciones opuestas: uno hacia el interior, posiblemente utilizado para accionar el postigo desde adentro, y el otro hacia afuera, resultado probable de un golpe, quizá con un mal movimiento del ataúd. Un sepulturero acercó una escalera. El Colorado Suffern, Acevedo y Segovia descendieron al subsuelo, donde el aire gélido se hacía notar solo en sus rostros, ya que el uniforme de paño protegía bien el cuerpo. Apenas el crujido de los peldaños por la presión de las botas interrumpía el silencio literalmente sepulcral. Luego de constatar la ausencia del féretro en la repisa superior, cruzaron un par de palabras en voz muy baja, por respeto a los muertos que los rodeaban. La sensación de claustrofobia los inquietaba. Con una lámpara de gas portátil recorrieron el piso y las paredes del recinto. En medio del macabro juego de las sombras de sus siluetas sobre ataúdes de distinto tamaño y la figura de un Cristo de plata, hallaron en el suelo tres fósforos consumidos y también rastros de pisadas. Intercambiaron miradas de perplejidad bajo la luz tenue. Regresaron a la superficie y se reunieron en un aparte con Paz, quien los escuchó con semblante preocupado, en el momento en que otros agentes descendían para tomar las medidas de la huella y cotejarlas con los calzados del personal del establecimiento.

Mientras la inspección se llevaba a cabo en el cementerio, Peñaranda, en el centro de la ciudad, abordaba el tranvía a caballo rumbo a Palermo. Inició su viaje en momentos en que el changador Bossi se aproximaba a la puerta lateral del palacio Miró. Cinco policías lo vigilaban de cerca, en tanto que otros observaban sus movimientos desde prudente distancia. Además de Tasso y el cabo Mayorga, la mansión estaba rodeada por tres vigilantes de buen historial, el mulato José Castro, el petiso Pedro Smith y Justiniano Moreyra —aquel que días atrás había capturado a una francesa que cobraba dinero de una homónima—, caracterizados como sencillos inmigrantes. A su vez, el comisario Cueto, vestido como un mendigo en la entrada de la estación del Parque, supervisaba a un grupo de efectivos que pasaban caminando y controlaba el ingreso y egreso de los pasajeros. Por orden del jefe Paz, José Cueto había distribuido caballos en diferentes esquinas cercanas a la casona, imprescindibles para la persecución, en caso de que los secuestradores emplearan un carruaje para escapar.

En las cercanías de la residencia, la mujer del balcón persistía en importunar a los policías. Cueto empezaba a preocuparse, temiendo que los secuestradores los hubieran descubierto y decidieran suspender el cobro del rescate. Sin embargo, esas dudas se disiparon cuando apareció el changador Bossi en la plaza del Parque. Los relojes marcaban las 10.45. Aunque el mozo de cordel golpeó la puerta lateral reservada para los proveedores y el personal de servicio, fue atendido personalmente por Felipe Llavallol, el sobrino político de doña Felisa Dorrego. El changador le extendió la nota escrita en elegante redondilla francesa, que indicaba:

Sírvanse entregar al portador lo que ustedes saben.
Los C. de la N.
Buenos Aires, agosto 26 de 1881

Sin pérdida de tiempo, Felipe Llavallol le acercó la caja. Munido del paquete, Bossi tomó la calle Libertad, regresando por donde había llegado. Pasó por delante de la entrada de la estación del Parque, junto al «mendigo» Cueto. También se cruzó con el «operario» Moreyra y atravesó la esquina de Lavalle, en la cual reposaba un caballo policial atado a un hierro. Los dos comisarios y el resto de los efectivos lo siguieron con discreción.

En el mismo minuto en que Bossi recibía el cajoncito, en la plaza de la Victoria, el Turco Morate, ataviado con su atuendo de marinero, contrataba un carruaje de segunda clase. Para indicarle el destino al cochero, le extendió un papel ordinario donde figuraban las instrucciones escritas en tinta azul:

> Pasar delante del hipódromo de Palermo y pararse a las dos o tres cuadras más allá, a las doce en punto.

A las 10.55, mientras Paz y los comisarios deliberaban en el cementerio; Peñaranda y Morate se dirigían a Palermo en tranvía y carruaje; Bossi, con la caja atrapada por el brazo, tomaba la calle Corrientes hacia el Bajo, y el Gaité Abadie se encaminaba a la Fonda Española para reunirse con el changador que había contratado en la víspera; tuvo lugar un hecho increíble. El comisario Cueto advirtió que un hombre que portaba huevos y gallinas seguía los pasos del changador Bossi. Supuso que era un cómplice encargado de cubrir la huida del mensajero y, en una acción rápida, lo detuvo a punta de pistola. Jamás advirtió que el barbudo era su colega, Pablo Tasso. Por su parte, el cabo Mayorga, viendo que su superior, el vendedor de aves, era detenido por un mendigo armado, cruzó la calle a los saltos y apuntó su pistola a Cueto.

—Si lo mata, yo lo mato a usted —susurró el falso changador.

No se reconocían entre ellos.

—Comisario Cueto, ¡soy Tasso, hombre!

Pasado el momento tenso, el vendedor de huevos, el mendigo y el mensajero continuaron la vigilancia del portador de la caja punzó.

Otro policía montó el caballo apostado en la esquina de Lavalle y Libertad, y partió velozmente rumbo al cementerio.

LA TUMBA DE REQUEJO

En medio de rápidas órdenes impartidas por el jefe, la llegada abrupta de un policía al cementerio con noticias urgentes detuvo el tiempo. Marcos Paz comprendió que todo estaba a punto de cambiar. El emisario, enviado por Cueto, informó que una persona había cobrado el rescate y se dirigía por la calle Corrientes hacia el Bajo. Paz, con un asentimiento, reconoció la importancia del anuncio. Se trataba de uno de los escenarios posibles que había contemplado en la velada anterior. Ese itinerario insinuaba que la vía de fuga elegida por los captores apuntaba hacia el puerto o, más posible aún, hacia la estación Central de Buenos Aires.

El jefe, con una serenidad que desafiaba el caos del momento, articuló sus órdenes con la destreza de quien dispone las piezas de un tablero, habiendo premeditado los movimientos ante cada nuevo escenario.

—Secretario Merou —dictó con firmeza—, proceda al Departamento Central y prepare las celdas. Asesor Pinedo, supervise los interrogatorios que realizará el comisario Acevedo. Cernadas, usted velará por los detenidos hasta que declaren. Segovia, inspeccione el cementerio. ¡Encuentren el ataúd! Usted, Suffern, viene conmigo.

Tras intercambiar breves palabras con Pinedo, el jefe y el Colorado Suffern partieron en dirección al centro, a bordo del landó policial. Los caballos, instados a un trote acelerado, marcaban un contraste notable con el paso lento de la volanta que, en dirección opuesta, llevaba al Turco Morate hacia Palermo. Ambos se alejaban de Recoleta, donde se centraban las esperanzas de recuperar el cadáver.

La búsqueda, metódica y paciente, enfrentaba las adversidades del invierno. El crepitar de las hojas secas, aplastadas bajo el peso de las botas de los vigilantes, resonaba a través de las empedradas callejuelas del cementerio del Norte. La fría mañana de agosto penetraba sus huesos, a pesar de estar envueltos en gruesos abrigos oscuros. Avanzaban con pasos deliberados, inspeccionando cada rincón con una mezcla de urgencia y cautela. Las campanas de la iglesia del Pilar anunciaron las once y media, y los tenues rayos del sol invernal se comprimían entre los mausoleos y las lápidas.

El comisario Segovia, con una impaciencia que reflejaba la de todos, supervisaba la operación. A pesar del número de hombres abocados a la tarea, el éxito les eludía. El jefe del operativo de rastreo se veía obligado a considerar que los malhechores podrían haber sacado el cadáver fuera de los confines sagrados del cementerio, desafiando las elementales deducciones del jefe Paz.

Entre los agentes, un joven policía, visiblemente desconcertado, observaba a sus colegas, intentando descifrar el arte de indagar entre las tumbas con eficacia. No lejos de allí, un veterano, con la frustración dibujada en su semblante, parecía mirar sin ver, como si cualquier hallazgo fuera más bien un capricho del azar que fruto de su habilidad. La desesperanza se multiplicaba entre las filas, mientras el tiempo se consumía sin alcanzar los resultados esperados.

En el instante preciso en que el desánimo comenzaba a apoderarse del equipo de detectives, la perspicacia de Pedro Caparello, un efectivo de probada experiencia, lo llevó a detenerse frente a una bóveda que el tiempo y el olvido habían relegado a un segundo plano. Una particularidad en su puerta había capturado su atención: dos flores, un detalle que rompía con la monotonía del abandono. Agachándose, su abrigo rozó las heladas piedras irregulares del suelo, mientras examinaba con curiosidad el hallazgo. El frío había teñido sus mejillas de un tono pálido. Elevó una ceja, en un principio escéptico, pero su semblante rápidamente dio paso a la sorpresa.

Lo que Caparello había descubierto no era un mero capricho de la naturaleza, sino una anomalía insólita: jacintos de un rosado vívido, insolentemente frescos, adornando la manija de la puerta de la olvidada bóveda de Félix Rojas. Retrocedió un paso y dirigió su mirada hacia una callejuela transversal, donde avistó la inconfundible barba larga de su superior, el comisario Segovia. Gesticuló reclamando su atención. Al reunirse, Caparello reveló su hallazgo, y el comisario, lanzando una ojeada fugaz hacia la puerta, asintió con solemnidad. Juntos concluyeron que, aunque pareciera improbable que el ataúd estuviera allí oculto, las flores no habían sido colocadas al azar, sino como una marca deliberada.

El silbido del pito de Caparello perforó con fuerza el aire frío. Era esa la señal anhelada por los uniformados dispersos en el cementerio. Como sombras emergiendo de cada rincón, los agentes se congregaron alrededor de Segovia y Caparello. En una breve arenga, el comisario intercambió palabras cargadas de un renovado vigor con sus oficiales. La decisión fue unánime: el foco de la búsqueda se trasladaba de la tumba de los Dorrego hacia la bóveda de Félix Rojas, marcada por los jacintos. Con un entusiasmo revivido, los vigilantes se dispersaron en todas direcciones, pero esta vez el suspenso duró poco. A escasos pasos de su nueva partida, Segovia se encontró frente a la tumba de Francisco Requejo, que ostentaba una singularidad: el candado de su puerta de mármol estaba dispuesto de manera anómala. «Hay algo que desentona aquí», musitó Segovia para sus adentros. Con suma precaución, empujó la puerta, que chirrió levemente al abrirse. La luz del día invadió el interior. El comisario avanzó con determinación, intuyendo el desenlace. Y su presunción fue acertada. Contra la pared del sótano, se destacaba un ataúd de jacarandá, cuyo esplendor contrastaba con el polvo acumulado en los demás féretros. El cajón lujoso reposaba inclinado sobre uno de sus costados, asegurado por varias vueltas de soga.

La certeza de que se hallaban ante el féretro de doña Inés Indart de Dorrego precisaba una confirmación decisiva, la de la familia de la difunta. Un emisario partió al galope con destino al palacio Miró.

Mientras aguardaban, Segovia mandó llamar a Federico Pinedo y a Isidoro Acevedo, quienes interrogaban al personal. Los investigadores centraron su atención en la gruesa soga que habían utilizado los delincuentes. Era del tipo que se empleaba en obras de albañilería, lo que aumentó las sospechas sobre los operarios. El comisario Acevedo ordenó incautarla bajo el rótulo: «cuerpo del delito».

Al tiempo que daba las directivas, presenció la llegada de Martín Llavallol y Luis Ortiz Basualdo en un elegante coche. Los dos hombres reconocieron de inmediato el ataúd que habían portado con sus propias manos durante el sepelio de doña Inés.

Luego de que los policías completaran una exhaustiva revisión de la escena del hallazgo, colaboraron con los parientes de la difunta para restituir el féretro a su ubicación original.

El principal objetivo de Marcos Paz, nada menos que recuperar el cuerpo de doña Inés, había culminado con éxito. Era momento de enfocarse en desentrañar el misterio y aprehender a los responsables de la profanación. La pesquisa se enfocaría en dos frentes principales: el cementerio de la Recoleta y la estación del ferrocarril Buenos Aires.

La red policial estaba funcionando como lo había previsto el jefe Paz. Pero aún no había realizado ninguna captura, y eso lo preocupaba.

PRIMEROS SOSPECHOSOS

Los empleados del cementerio eran seis: el administrador, un capataz y cuatro peones. El administrador ordenó repicar la campana para convocar a aquellos que disfrutaban del almuerzo en los boliches ubicados frente a la necrópolis, al otro lado de la plaza. Los hombres regresaron, y un policía les informó que se encontraban demorados e incomunicados. Mientras el comisario Segovia comandaba la búsqueda del féretro, su colega Acevedo se reacomodaba en el escritorio principal y convocaba al administrador. Domingo Reynoso, porteño de cincuenta y ocho años, aclaró que ninguno de sus subordinados realizaba tareas nocturnas y que, debido a las obras en curso, el cementerio permanecía accesible.

La sospecha de que algún empleado que estuviera de turno por la noche pudiera haber facilitado la entrada a los secuestradores perdía fuerza. Pero la siguiente respuesta avivó la atención de los investigadores. Acevedo quiso saber si el administrador tenía conocimiento de la extracción del cajón de la bóveda de la familia Dorrego. Ante la sorpresa de los policías, el administrador confirmó que lo sabía. Acevedo hizo una pausa breve para darle el marco destacado al momento e inquirió cómo era posible que él, la máxima autoridad del enterratorio, estuviera al tanto del delito cometido. Sin embargo, la respuesta resultó decepcionante: el hombre simplemente lo sabía porque esa mañana había escuchado manifestarlo al jefe Paz.

Luego fue el turno del capataz. Juan Mira, de cincuenta y dos años y oriundo de España, relató que llegaba a su puesto al salir el sol y se retiraba al ponerse. Descartó con firmeza la posibilidad de que, al menos oficialmente, un cadáver fuera trasladado durante la noche. Además, aseguró que mover un ataúd como el de la señora Dorrego requeriría al menos cuatro hombres experimentados. Expresó su confianza en el personal del cementerio y solicitó que su declaración reflejara que llevaba dieciocho años desempeñándose en ese cargo sin haber dado motivo de queja en todo ese tiempo.

El primer peón, Pablo Fausari, un italiano de treinta años, no hizo ningún aporte significativo. Desconocía las razones de su detención, no estaba al tanto de la falta de un féretro y no había observado movimientos sospechosos en los días previos. La misma carencia de conocimientos evidenció el segundo sepulturero, Manuel Mira, un español de cuarenta años con catorce de experiencia en el trabajo.

En cuanto a Francisco González, español de cincuenta años y casado, fue quien llevó la escalera a la bóveda Dorrego; por lo tanto, tenía conocimiento del delito en cuestión. Aseguró que después de abandonar el cementerio el día anterior a las seis de la tarde se dirigió directamente a su hogar y recién salió para retornar al trabajo, lo mismo que la noche previa.

La declaración del italiano Roque Deluca, de treinta y cuatro años y casado, fue intrascendente. Por último, el sepulturero Benedicto Rana, italiano de cuarenta y nueve años, también casado, hizo hincapié en la costumbre de retirarse a su hogar inmediatamente después de concluir las tareas, indicando que comía, se acostaba a dormir y no abandonaba su residencia hasta la hora de regresar al cementerio. Además, subrayó que no solía recibir visitas y, mucho menos, realizarlas a ningún lugar.

Entre los obreros contratados por la municipalidad para modernizar la necrópolis, dos nombres atrajeron la atención de los investigadores al parecerles sujetos conocidos: Máximo Magento y Domingo Brícola. A pesar de los magros resultados obtenidos por Acevedo con las respuestas del personal, que apenas revelaron la mecánica interna de la necrópolis, la esperanza residía ahora en que estos dos operarios pudieran allanar el camino hacia la resolución del enigma.

VAGO INCORREGIBLE

En el acogedor ambiente de la Fonda Española, el Gaité Abadie tomó asiento para disfrutar de una bebida, a la espera del changador que había contratado el día anterior. Cuando finalmente llegó el Manchado Peri, repasaron las instrucciones. El francés le entregó la nota que debía presentar al portador de la caja, escrita por él en un retazo de papel de cuaderno. También le dio cuatro billetes de diez pesos, de los cuales uno estaba destinado a gratificar al mencionado changador.

Tras despedirse en la entrada de la fonda, el Manchado se dirigió a la estación de trenes. La crucial misión del Caballero Abadie se había cumplido con éxito. Todo quedaba en manos de sus compañeros y los mensajeros.

Mientras tanto, en la Recoleta, la atención de los investigadores se concentraba en dos obreros. Máximo Magento, un inmigrante italiano de veinticinco años, casado y residente en la calle Juncal del barrio de Retiro, fue interpelado en primer término. Cuando se le preguntó si sabía por qué estaba detenido, el italiano respondió que, tal vez, su presencia en la entrada al cementerio, junto con los rumores sobre la desaparición de un ataúd, podrían haberlo implicado. Acevedo, intrigado, lo consultó sobre la crucial referencia:

—¿Cómo sabe que han sustraído un cadáver?

—Lo dijo el cura de la iglesia de Nuestra Señora del Pilar.

Escondiendo su decepción, el comisario le hizo una pregunta cuya respuesta ya conocía, pero con la intención de analizar la reacción del interrogado: «¿Alguna vez estuvo preso?». Magento admitió con franqueza: «Sí, señor», y reveló la causa. En 1880, una viuda le había pedido que abriera el ataúd que contenía el cadáver de su difunto esposo. La mujer le indicó que en el féretro debería hallarse una libreta del banco Provincial. El albañil se valió de un peón que, posiblemente tras encontrar el objeto, se esfumó. Magento pagó su intromisión con una breve estancia en prisión.

Acevedo percibió sinceridad en el relato y permitió que Magento regresara a su hogar, sin tomar medidas adicionales.

El caso del operario Brícola era más complejo. Su apodo era Parody, referencia a Domingo Parody, un renombrado ladrón del pasado. Aunque Brícola distaba mucho de alcanzar los oscuros logros de aquel tocayo, el alias le calzaba como anillo al dedo, dada su conexión con la marginalidad.

Cuando se le pidió que compartiera los puntos salientes de su pasado marginal, Brícola dio una descripción vaga, sin entrar en detalles. Relató sus repetidas estancias en la cárcel correccional, por acusaciones que iban desde estafas hasta desórdenes públicos. Según el registro policial, tenía cuarenta y dos años, era originario de Italia, casado, y vivía en la calle Chavango, entre Montevideo y Garantías.

Negó cualquier conocimiento sobre el robo del ataúd. Sin embargo, un dato selló su suerte. Llevaba apenas tres días trabajando en las obras que se realizaban en algunas bóvedas del cementerio para ajustarlas a la nueva escenografía. Eso, sumado a su historial delictivo, más la confirmación de que conocía el oficio de los peones sepultureros, convencieron al comisario de la necesidad de retenerlo. Acevedo encomendó que se lo trasladara bajo custodia a la comisaría.

Más tarde, Parody Brícola fue remitido al Departamento Central de Policía, con una nota dirigida al jefe Marcos Paz, en la que Acevedo explicaba las sospechas de complicidad:

> Como usted sabe, el detenido tiene varias entradas a ese departamento por hechos criminales y es muy casual que precisamente en circunstancias que se comenta un hecho de esa naturaleza, el detenido, que es un vago incorregible, haya decidido ir a trabajar en el mismo recinto donde se cometió un delito que solo pudo haberse llevado a cabo por individuos que conocen el terreno y tuvieron práctica en la extracción de los ataúdes.

El interrogatorio de Brícola terminaba en el momento en que, desde el Departamento Central, llegaban novedades importantes. El moderno reloj de Acevedo señaló las tres de la tarde cuando dejó el cementerio y partió, ansioso, a interiorizarse de los nuevos giros del caso.

EN LA ESTACIÓN

El Turco Morate llegó a las once y media a Palermo. El cochero que lo transportaba preguntó a quién esperaban, movido más por la curiosidad que por la impaciencia. Morate le había prometido sesenta pesos por su servicio, una retribución suficientemente generosa como para justificar cualquier demora. El marinero le explicó que debían recoger a unos niños de una familia inglesa que disfrutaban de un paseo en el parque Tres de Febrero y llevarlos de vuelta a la ciudad. En realidad, aguardaban a Peñaranda, quien, a su vez, deseaba controlar el paso del tren que aún no había iniciado su trayecto desde el corazón de la ciudad.

En la galería del andén de la estación Central estaba el Manchado Peri, esperando al mensajero que debía llevar el cajón punzó. Finalmente, a las 11.55, el individuo tan relevante hizo su entrada con el cubo rojizo debajo del brazo. Ese hombre era Bossi, quien iba acercándose a la estación, seguido a prudente distancia por el comisario Tasso, las gallinas y cinco policías más.

Marcos Paz y el Colorado Suffern también llegaron en ese momento.

El Manchado reconoció enseguida a Bossi, un colega con el que se había cruzado muchas veces en las calles haciendo changas. Le extendió la hoja de cuaderno que funcionaba como clave, realizaron el intercambio y el Manchado le pagó diez pesos a su colega por el trabajo. La sorpresa de los policías fue grande, ya que su plan de captura no había considerado la posibilidad de un traspaso de la caja a otras manos en la propia estación. De inmediato, el jefe Paz dividió los grupos: Tasso con las gallinas, más el Colorado Suffern, el cabo Mayorga, el mulato Castro y el rubio Smith subirían al tren que abordaría el Manchado, mientras que él, con otros de sus hombres, se encargaría del changador Bossi, que salía con paso lento de la estación.

La locomotora y sus tres vagones se encontraban dispuestos en la forma habitual, uno de primera clase y los dos restantes de segunda clase.

Los cinco agentes de policía esperaron a que el Manchado tomara la iniciativa. El mensajero se mostraba sereno; nada dejaba entrever que sintiera el peso de sus acciones. Con la caja a cuestas, subió al último vagón y se sentó junto a una ventana. Todos lo siguieron. Pisándole los talones iba uno de los integrantes de la banda, el joven sastre Desalvo, convocado por el belga para participar de esta tercera fase del plan. La formación estaba a punto de iniciar su recorrido. El comisario Suffern se aproximó al guarda del tren y le exigió la chaqueta y la gorra. Sentado detrás del Manchado se ubicó Tasso con sus incansables gallinas. Más allá, los otros tres policías, y en el estribo de la puerta, el Colorado Suffern disfrazado de guarda.

El clásico chirrido de la locomotora y el agudo sonido del silbato anunciaron la partida puntual del tren hacia Belgrano.

En la estación, mientras el tren se alejaba, el desprevenido mozo de cordel Bossi fue aprehendido por dos policías bajo la dirección del jefe Paz. Lo llevaron a la comisaría Primera, ubicada a tres cuadras de donde lo capturaron.

La acción prosiguió sin pausa en el último vagón del tren de las doce.

UN GUARDA PELIRROJO

La misión asignada por los Caballeros al joven sastre Desalvo consistía en supervisar con discreción al hombre que portara el cajón en el tren. Debía subir al mismo coche, vigilar sus movimientos y no intervenir bajo ninguna circunstancia. Posteriormente debería presentar un informe detallado de sus observaciones.

El trayecto iba a tener dos paradas intermedias, Retiro y Recoleta, antes de atravesar el parque Tres de Febrero, el arroyo Maldonado y el hipódromo de Palermo, hasta llegar a las Barrancas de Belgrano.

El «guarda» pelirrojo cumplía su papel solicitando los boletos a los pasajeros. Cuando llegó al asiento del Manchado, el mensajero se sobresaltó. Reconoció al comisario Suffern y le preguntó por qué se había disfrazado de guarda. Descubierto, el Colorado se calzó más la gorra sobre la mata roja de pelos que sobresalía por todos lados y le informó que el grandote vendedor de gallinas también era comisario: ya no tendría escapatoria. La noticia fue abrumadora para el Manchado. Ofreció entregarles lo que transportaba a cambio de que le permitieran irse como si nada hubiera pasado. Los policías rechazaron con energía la propuesta y lo intimaron a que revelara el destino de la caja. Frente a las dudas del changador, el comisario Tasso trató de convencerlo diciéndole que si no hablaba, iba a romperle cuatro costillas. El Manchado lo interrumpió argumentando que no podía porque no se lo permitía la ley. Tasso replicó que él solamente se regía por la ley de su comisaría.

Abatido, el Manchado reveló que tenía orden de arrojar el cajón luego de atravesar el arroyo Maldonado. Los comisarios se apartaron un poco para discutir la situación y regresaron con una orden clara: el Manchado debía lanzar la caja en el lugar que le habían indicado. Eso iba a permitirles seguir la pista planeada por la banda. Pero para lograrlo tenían que saltar del tren y la única manera de no terminar en el hospital era haciendo que la locomotora redujera la velocidad. Suffern se dirigió al guarda:

—¡Dígale al maquinista que disminuya la marcha cuando cruce el Maldonado! —Se lo dijo en inglés porque el español del empleado del tren era muy limitado.

Sin embargo, el guarda no estaba en posición de resolverles el problema: habían pasado la estación Recoleta, no habría paradas intermedias y no existía comunicación interna entre los vagones y la locomotora.

Sin titubear, el Colorado Suffern abrió la puerta y se deslizó por los estrechos estribos exteriores, con notable riesgo debido a la rápida marcha del tren, hasta llegar a la locomotora, conducida por un británico, de la misma nacionalidad del fogonero que lo acompañaba. Nuevamente, el inglés fue el idioma de la comunicación. La suerte favoreció al comisario, ya que los hombres lo reconocieron. Estaban a punto de llegar al puente sobre el Maldonado y el arrojo del intrépido Suffern había resultado determinante.

A lo lejos se avistaba un individuo alto, vestido completamente de negro y con un sombrero bombín, situado en un descampado, a unos ciento cincuenta metros de las vías, con la mirada fija en el tren que atravesaba el arroyo.

Tasso gritó «¡Láncela!» y el Manchado obedeció. La caja colorada salió despedida desde la ventana y rodó hasta descender por el terraplén, tal cual lo habían planeado los Caballeros de la Noche.

Testigo de todo lo ocurrido, entre temeroso y desconcertado, el joven sastre Desalvo no podía dar crédito a lo que había visto.

SORPRESA EN EL MALDONADO

Las posiciones estratégicas en Palermo habían sido estudiadas en detalle por los Caballeros de la Noche. El Turco Morate y el circunstancial cochero se estacionaron en el camino del Bajo a Belgrano, un par de cuadras hacia el norte del ingreso al coqueto hipódromo de Palermo, punto de encuentro social, deportivo y lúdico. Los líderes de la banda, Peñaranda y Muñiz, lo conocían de memoria, con las alegrías y sinsabores que resultaban de las apuestas.

El belga se ubicó en una zona descampada casi a la misma altura de su compinche pero más hacia el este, cerca del río y de las vías del ferrocarril. Seiscientos metros separaban a uno del otro, aunque no podían verse porque se interponía la sencilla tribuna del circo de carreras.

Si todo transcurría según se esperaba, Peñaranda vería caer la caja y al tren desdibujarse rumbo a las Barrancas de Belgrano. Ese sería el momento de dar los ciento cincuenta pasos hacia las vías y buscar los ansiados millones sin tomar riesgos. Luego tendría que cruzar los potreros de la zona aledaña, traspasar el alambre, abordar el coche que le había preparado el Turco Morate y regresar a la ciudad.

En cambio, si notaba algún movimiento inesperado y peligroso, correría directo hacia el carruaje para ponerse a salvo y ambos huirían hacia el pueblo de Belgrano.

A las doce y cuarto pasadas, Peñaranda captó el inconfundible traqueteo de la locomotora y su agudo silbato, para luego avistarla a lo lejos. Observó, con satisfacción cómo la mole de hierro cruzaba el puente por encima del arroyo y, luego de un trecho, el momento en que la caja rodaba por tierra según lo previsto. Vencido por la impaciencia, comenzó a avanzar lentamente hacia las vías. Sin embargo, que la locomotora redujera la velocidad lo puso en alerta. Peñaranda se detuvo. El tren se detuvo. En un movimiento brusco, el elegante belga giró sobre sus talones y comenzó a caminar con pasos apresurados en sentido contrario, sin perder de vista la formación. Cuando advirtió que descendían varios hombres, se lanzó en una desesperada carrera rumbo al camino. El tren volvió a arrancar y continuó su monótono trayecto llevándose al sorprendido joven Desalvo, las gallinas y los huevos.

El Colorado Suffern, imperturbable, emitió las órdenes con rapidez: el cabo Mayorga y el rubio Smith quedaban a cargo de custodiar al Manchado Peri, mientras que Tasso, el mulato Castro y él mismo iban a perseguir al fugitivo vestido de negro que, con largos trancos, huía de la escena. Los policías intentaron montar unos caballos que pastaban a corta distancia, con el fin de emparejar la persecución. Sin embargo, las bestias rehusaron someterse, obligando a los agentes a renunciar a la estrategia para no perder más del precioso tiempo. Con resignación, iniciaron una carrera contrarreloj, en la que cada minuto perdido era ventaja a favor del fugitivo. Divisaron el coche que marchaba al trote rumbo a Belgrano, llevando al hombre de negro con el sombrero bombín. La distancia que los separaba sumada al infructuoso intento con los caballos rebeldes les arrebataron diez valiosos minutos. Cuando finalmente llegaron al camino, el carruaje había desaparecido sin dejar rastro.

PERSECUCIÓN A BELGRANO

Kerckhove de Peñaranda llegó a toda prisa, se asió de la mano que le tendió el Turco Morate y trepó raudo sobre la volanta. Casi sin aliento por la corrida, ordenó al conductor que los llevara de inmediato al pueblo de Belgrano. El cochero, entre renuente y contrariado, expresó su disconformidad: aquello no había sido lo convenido. La promesa de una generosa recompensa logró persuadirlo. Sin decir más, azuzó al caballo. Avanzaron poco más de un kilómetro antes de virar forzosamente trescientos metros hacia el oeste, por el sendero de los Ombúes, para luego girar hacia el norte en el camino conocido como «de las Cañitas».

Mientras tanto, el comisario Tasso llegó, también exhausto, al camino del Bajo en el momento en que un jinete marchaba al paso con destino al centro de la ciudad. El policía sofrenó al animal y le exigió al hombre que se lo entregara. El viajero, enfrentado a un grandote harapiento con alpargatas agujereadas que insistía en ser un representante de la ley, desconfió. Las dudas del jinete pasaron a un segundo plano cuando Tasso le apuntó con su arma. Convencido de que era víctima de un asalto, el jinete entregó su caballo. Sin pérdida de tiempo, el joven comisario montó el transporte recién requisado y se lanzó en persecución del fugitivo.

Poco después, apareció un panadero con su carro cargado de mercadería, arrastrado por un caballo percherón viejo y pesado. El Colorado Suffern fue más afable que su colega al explicarle la urgencia de contar con su vehículo. De esta manera, se configuró la escena: los malhechores huyendo en un coche de plaza, perseguidos por un comisario encubierto a caballo más un par de policías montados en un carro rebosante de pan.

Cuando la volanta fugitiva llegó al pie de la barranca, justo en su parte más empinada, el belga ordenó que se detuviera. En medio de la incertidumbre de la huida surgió un debate inesperado entre los pasajeros y el cochero: la discusión sobre la tarifa del viaje. El conductor, impasible, no daba el brazo a torcer. Finalmente, después de arduas negociaciones, le entregaron cien pesos. Kerckhove de Peñaranda y el Turco Morate se deslizaron agazapados entre las cañas que franqueaban el camino. Su objetivo era alcanzar la cima sin alertar a nadie. Pero aquellos movimientos sigilosos no pasaron desapercibidos para unos vecinos del lugar. Los atentos hermanos Corvalán, desde su imponente casona en lo alto de la barranca, gozaban de una vista privilegiada sobre el camino Real, el de las Cañitas y la estación de Belgrano.

Por su parte, el cochero inició el viaje de regreso al centro por donde había venido, con la satisfacción de los cien pesos bien ganados en ese productivo mediodía. De manera inevitable, se cruzó con Tasso en el sendero de los Ombúes. El perspicaz comisario advirtió que la chapa de la volanta que acababa de pasar correspondía a un coche de plaza del centro de la ciudad. Se preguntó qué hacía fuera de la jurisdicción que le correspondía. Pegó la vuelta para darle alcance. Lo detuvo y, tras un breve cruce de palabras, prosiguieron juntos un tramo del trayecto en búsqueda del Colorado Suffern y el mulato Castro, que venían en el carro lleno de pan. El cochero proporcionó un detallado relato de su participación y los condujo al pie de la barranca donde el Turco Morate y Peñaranda habían dejado el vehículo para continuar a pie.

Los tres policías se vieron obligados a abandonar sus respectivos transportes y correr cuesta arriba, agobiados y cargando con la responsabilidad de no perder a sus presas y fallarle al jefe Paz.

Así irrumpieron en la quinta de los Corvalán, donde se entrevistaron con Felipe, el dueño de casa, quien les confirmó haber avistado a los escurridizos fugitivos y les señaló la dirección que habían tomado.

Hombre de acción, Corvalán no quiso quedar al margen de la cacería: montó a caballo y partió acompañado con resolución por uno de sus hermanos. A todo galope, volaron a informar a la policía local para luego unirse a la persecución. El operativo quedó conformado así: tres efectivos del pueblo de Belgrano, frescos, se sumaron a la búsqueda dispersándose por los pastizales; los comisarios y el policía mulato, exhaustos y desaliñados, continuaron avanzando a pie entre los matorrales; y los Corvalán, entusiastas y bien montados, cubriendo el otro flanco.

Tasso, el Colorado Suffern y el mulato Castro, ya al borde de sus fuerzas, estaban a un par de cuadras de la iglesia cariñosamente apodada la Redonda por los lugareños, que por esos caprichos del destino había sido ideada por los Canale, los mismos que diseñaron el palacio Miró. El cansancio y, sobre todo, el desaliento se reflejaban en los cuerpos fatigados de los tres policías. Fue entonces que divisaron a los hermanos Corvalán, quienes les hacían gestos exultantes y señas triunfales: habían atrapado a los prófugos, tomándolos por sorpresa.

Kerckhove de Peñaranda y el Turco Morate mostraban signos de agotamiento, luego de haber trepado sin pausa doscientos metros empinados y unos quinientos más, atravesando campos con pasturas irregulares y vestigios de alguna tormenta. Jadeantes, con los rostros empapados por la transpiración y sus trajes deslucidos, habían perdido la habitual compostura.

El belga no prestó atención al barbudo con sombrero de castor que le apuntaba con el arma. Pero Tasso reconoció a Peñaranda de inmediato. Cuando era titular de la comisaría Decimoquinta, ese hombre pálido, alto y de buenos modales había pasado una noche en el calabozo con un moreno africano, detenidos por andar merodeando de noche en el cementerio.

Para la precisión de los registros, el inglés Suffern constató que su reloj marcaba la una de la tarde. Gracias a dos providenciales civiles, los hermanos Corvalán, esa era, para la policía, la hora de la victoria.

REGRESO

Los detenidos fueron conducidos a la comisaría de Belgrano, perteneciente a la jurisdicción de la provincia de Buenos Aires. Al llegar la comitiva de los efectivos y civiles con los capturados, se produjo un episodio confuso. El jefe local ordenó a sus hombres que escoltaran a los delincuentes al interior de la dependencia: a Kerckhove de Peñaranda, al marinero Morate y también a Tasso, este último tan transpirado como los primeros. Las carcajadas de los presentes aliviaron las tensiones, aunque al comisario Tasso no le causó gracia y, bajo su sucia barba, se adivinaba una mueca de descontento. Pero de inmediato pensó en su lograda caracterización y se sumó a las risas.

Al mismo tiempo que se llevaban adelante los trámites en la sede policial, donde se tomaron los datos de los capturados y se revisaron sus pertenencias en busca de pruebas, se envió un mensaje telegráfico al Departamento Central de Policía, anunciando las novedades.

Había que trasladar a los detenidos allí, así que un vigilante montado partió en busca del conocido cochero. Con su asistencia, la volanta sorteó el desafío de la barranca y se estacionó en la puerta de la comisaría, para luego emprender el regreso. De esta manera, el cochero de plaza, que había iniciado su viaje a Palermo a las 10.45 con un sencillo pasajero, volvía al centro de la ciudad a las 13.45, transportando dos comisarios, un vigilante y dos sospechosos del curioso secuestro, sujetados con firmeza de pies y manos. Debía depositarlos a todos en el departamento de Policía, vecino de la plaza de la Victoria y del Cabildo. La volanta se puso en marcha con un Peñaranda cabizbajo, derrotado, que reflexionaba sobre las complicaciones que enfrentaría.

La tarde era fresca pero soleada. El camino no ofrecía dificultades porque la tierra estaba seca, salvo en las cercanías del arroyo Maldonado, donde la humedad constante reblandecía el terreno. En ese punto hubo que prestar especial atención al cruce del puente. Si bien el caballo estaba acostumbrado a arrastrar peso, después del paseo a Palermo, de la fuga a Belgrano, de la persecución, del sorteo de la barranca cuesta arriba y del regreso con capacidad desbordada, mostró su agotamiento. Los gritos y el látigo del cochero lograron que decidiera enfrentar el primer tramo del puente. Luego prosiguió la marcha con entereza. Una vez arribados, los comisarios debatieron qué hacer con el cochero. ¿Cabía la posibilidad de que fuera integrante de la banda? ¿O debían permitirle regresar a su casa? Llegaron a la conclusión de que estaba en condiciones de marcharse sin problemas, con la condición de que regresara a las cuarenta y ocho horas para brindar su testimonio.

El operario Parody Brícola, los changadores Bossi y el Manchado Peri, el Turco Morate y Alphonse Kerckhove de Peñaranda fueron alojados en celdas aisladas.

Esa tarde, los Caballeros de la Noche sumaron dos bajas, una de ellas, la de su socio principal. Varios integrantes de la banda pudieron advertir que se avecinaban problemas. La ausencia del belga a la cita de las cuatro en Los 36 Billares encendió las alarmas y Florentino Muñiz supuso que algo malo había pasado. Por su parte, el Gaité Abadie intuyó que el plan había fallado porque su compañero de cuarto, el Turco Morate, no regresó a la pensión.

Quien aportó un poco de luz a la cuestión fue el joven sastre Desalvo. Testigo privilegiado del momento en que los cinco policías encubiertos detuvieron en el tren al portador de la caja punzó, cumplió con prolijidad el rol que le había sido asignado. Tras su retorno a la ciudad, el veedor de la banda redactó una carta al Consejo Supremo y la envió al día siguiente a la casilla de correo de los Caballeros. Desafiando las burlonas palabras de Muñiz, quien lo había tildado de «mocoso lampiño», Desalvo había demostrado su competencia al asumir una tarea crucial en un escenario complejo, y no defraudó.

Ahora era el turno del propio Florentino Muñiz. El español había sido preservado del resto de la banda, mantenido como en un compartimento estanco, para intervenir desde afuera solo en situaciones críticas. Y esta lo era en grado extremo. Sin embargo, antes de desplegar su estrategia, Muñiz necesitaba despejar la duda típica de estas situaciones: la posible traición de Peñaranda. Necesitaba saber si su socio lo había delatado o no. De algo estaba seguro: para bien o para mal, el velo de la incertidumbre pronto se levantaría y, en ese momento crucial, conocería el destino asignado a la banda.

CUARTA PARTE

¿SECUESTRO DE UN CADÁVER?

En el Departamento Central, el jefe Marcos Paz convocó a una reunión de comisarios con la intención de ensamblar las piezas del complejo rompecabezas criminal. Aunque parco en elogios, expresó su satisfacción por los avances obtenidos.

Por una cuestión de jurisdicciones, el encargado de llevar adelante el sumario y los interrogatorios fue el estricto Isidoro Acevedo, asistido por Moreyra, quien había formado parte de la operación encubierta en los alrededores del palacio Miró. En tanto, otros dos integrantes del cuerpo de policía fueron designados para registrar el domicilio del sospechoso belga en busca de pruebas. Los comisionados partieron a la casona situada en Garay casi esquina Perú, en el barrio de San Telmo, donde Kerckhove de Peñaranda alquilaba dos cuartos comunicados por un salón. Los recibió su mujer, Carmen Pizarro, quien sostenía a la pequeña María Luisa en sus brazos y se hallaba en compañía de su madre. La sorpresa se reflejó en el rostro de Carmen ante tan inesperada visita.

Su marido, que en las últimas semanas se había mostrado nervioso y activo, pero feliz por su hija y alegre por la marcha de los negocios, se había ido temprano del hogar. Seguramente, faltaba aún un par de horas para que regresara, después de pasar tiempo, tal vez, con sus amigos Florentino Muñiz o Patricio Abadie en algún bar cercano.

La casona de la calle Garay tenía pocos inquilinos si se la comparaba con los abarrotados conventillos. La situación económica no era apremiante para los que vivían allí y los problemas que enfrentaban eran triviales. Es por eso que la presencia de los policías generó un alboroto entre los vecinos y una situación incómoda para Carmen y su madre, quienes no estaban acostumbradas a tales escándalos.

Con una compostura admirable, la joven esposa del belga franqueó las puertas de su hogar a los policías, sin necesidad de la orden judicial. Más aún, se puso a disposición para asistirlos en lo que necesitaran.

Los oficiales revisaron con paciencia los muebles. La pesquisa no fue en vano: incautaron cartas y documentos, entre los cuales encontraron una hoja que tenía impresas en tinta azul, en un papel cualquiera a modo de prueba, las siglas de Los Caballeros de la Noche. También se llevaron los sellos de la asociación, una caja de plumas, un tintero y un arsenal de sustancias peligrosas, junto con los cinco antifaces y la peluca.

Una vez que completaron la tarea, los representantes de la ley informaron a la familia que Alphonse había sido detenido por el secuestro de un cadáver. Los ojos de Carmen se agrandaron y sus manos temblorosas se aferraron con más fuerza a su hijita.

—¿Secuestro de un cadáver? —susurró atónita, incapaz

de comprender completamente lo que acababa de escuchar. Su madre, llevándose la mano al pecho, murmuró:

—¿Alphonse?

El 26 de agosto de 1881 había dejado de ser tan solo un día más en la historia de las tres mujeres de la casa.

LENTEJAS CON CHORIZO COLORADO

En la tarde de ese viernes 26, la calle Piedad se agitaba al ritmo de su característico revuelo. En medio del frenesí vespertino, en la confitería Los 36 Billares, Florentino Muñiz permanecía imperturbable, sentado frente a una silla vacía. Su soledad contrastaba con el movimiento constante de clientes alrededor. Ocasionalmente se inclinaba para observar un reloj de péndulo que colgaba de la pared junto al mostrador. La aguja larga avanzaba indiferente a su preocupación. Las campanadas de las cuatro en un templo cercano resonaron, marcando el momento en que la ansiedad de Florentino alcanzó su punto máximo; había esperado por Kerckhove de Peñaranda durante una hora. En aquella jornada especial para los Caballeros, la demora era un signo inquietante. Cada minuto de retraso sumaba un mal augurio.

El joven mozo se movía con destreza entre las mesas. Conocía a Muñiz y a su habitual compañero. Se acercó para ofrecer más café, pero recibió una negativa cortés. La mirada de Florentino volvía de manera constante hacia la puerta del establecimiento, donde cada nuevo cliente que entraba representaba un rayo de esperanza que se desvanecía en segundos. A pesar de todo, dejó transcurrir otra media hora.

El español se perdía en conjeturas. ¿Habrían atrapado a su socio con el botín? ¿El Turco Morate le habría dado la espalda? ¿Sería posible que Peñaranda se hubiera fugado con los dos millones? O, tal vez, simplemente se había retrasado. Dominado por el desconcierto, pagó su café y se dirigió a la casa del belga en busca de respuestas. Allí, entre sollozos, Carmen Pizarro y su madre le contaron sobre la intervención policial y la detención de Alphonse.

—Nos han informado que está detenido en el departamento de Policía, por haber secuestrado un cadáver del cementerio del Norte —explicaron.

Muñiz tranquilizó a las mujeres prometiendo resolver la situación y cuidar de su amigo. Las señoras se aferraron a sus palabras, único consuelo ante tanta incertidumbre.

Tras despedirse, partió con una inquietud aún más profunda. A pesar de las circunstancias, deseaba confiar en su socio. Consciente de la situación más que delicada, sabía que debía actuar con determinación pero con cautela. Se puso en contacto con un compañero de la pensión, y también de alguna estancia en prisión, y le encomendó una tarea aparentemente trivial: llevar comida a Peñaranda. Este gesto simbolizaba lealtad y apoyo en momentos críticos. Al recibir el plato de comida de un amigo común, Peñaranda entendería que Muñiz estaba al tanto de su situación y movilizaba recursos en su favor. Así, enviando no solo sustento físico sino también moral, esperaba fortalecer el espíritu de su socio y prevenir cualquier posibilidad de traición.

La noche del viernes, en su celda, Alphonse Kerckhove

de Peñaranda disfrutaba de un suculento plato de lentejas con chorizo colorado y pan. El mensaje había sido recibido. Sin embargo, el belga ansiaba algo más que lentejas. Pensando en Carmen y María Luisa, esperaba ser rescatado al día siguiente. Terminó su plato y se acostó.

En Bruselas, ocho años atrás, había logrado burlar a la Justicia. Ahora, en Buenos Aires, era el momento de eludir nuevamente sus responsabilidades. Pero esta vez su futuro no estaba del todo en sus manos. Dependía del hombre que había sido su cómplice desde el comienzo de la aventura delictiva compartida.

Se esperanzaba en que la apertura de su celda no lo condujera a la sala de interrogatorios sino a su ansiada liberación.

LA PAZ DE DOÑA INÉS

En el salón del piano del palacio Miró, todo era ansiedad e inquietud.

A pesar del alivio de saber que el ataúd de doña Inés había sido recuperado, aún se desconocía la suerte de los responsables del acto criminal. Martín Llavallol, de pie junto a uno de los espejos cubiertos de negro, vio por la ventana acercarse a un policía que, con semblante serio pero decidido, se dirigía hacia la entrada principal. Se apresuró a recibirlo en el umbral. Abrió la pesada puerta. Los hombres estrecharon sus manos y el oficial anunció:

—Los secuestradores han sido detenidos. La justicia prevalecerá y la paz de doña Inés será respetada.

La respuesta de Llavallol fue breve y cargada de la emoción de un largo día. Luego de una despedida llena de reconocimiento, regresó al salón donde se encontraba la familia reunida. Una ola de alivio recorrió el recinto cuando el pariente compartió la noticia. Felisa alzó la vista al cielo y sus labios susurraron una oración de agradecimiento. La alegría colmaba a la familia, aunque el luto impedía demostraciones exageradas.

A las siete de la tarde, la gran mesa del comedor reunió a todos. El clima familiar se distendió un poco, imaginando cómo habrían reaccionado don Luis Dorrego o la propia doña Inés, basados en sus dispares caracteres y estilos. Esa noche, en espíritu, ambos padres estuvieron presentes en la comida. Manuel Ortiz Basualdo recordó que apenas hacía veinticuatro horas todos discutían acaloradamente cómo responder a la infame carta de la banda de secuestradores: las mujeres estaban convencidas de que se debía pagar el rescate, mientras que los caballeros insistían en que lo único sensato era informar al jefe de Policía.

Después de una sobria compota de frutos rojos y exhaustos tras un día repleto de emociones intensas, las Dorrego, los Ortiz Basualdo y los Llavallol compartían un té caliente junto a la chimenea. En medio de la austera celebración, Felisa comunicó que al día siguiente enviaría un mensajero al Departamento Central. Su deseo era manifestar gratitud al jefe de Policía y a todos aquellos que habían participado en la operación, reconociéndoles su dedicación y su heroísmo.

Afuera el frío arreciaba en esa noche casi sin luna. Las temblorosas luces de las farolas, reflejadas en los adoquines encharcados de la calle, se esforzaban por atravesar la neblina gris que se levantaba del suelo. Unos pocos transeúntes avanzaban apresurados, dejando tras de sí la estela blanquecina de sus alientos. En definitiva, se trataba de un día más en la vida de Buenos Aires. Todo había vuelto a la normalidad para los habitantes del palacio Miró. En cambio, en otras casas de la ciudad ya nada sería igual.

REVUELO EN LA BANDA

Florentino Muñiz se levantó temprano y fue a comprar los periódicos porque quería ver si el secuestro fallido era noticia. La búsqueda fue breve. En el centro de la portada del diario *La Nación* se leía en letras destacadas:

Los Caballeros de la Noche
Robo del cadáver de la Sra. de Dorrego.
Conato de hurto de dos millones de pesos.
Activísimas pesquisas policiales.
Captura de los criminales.
Encuentro del cadáver.
Digna comportación de la policía.

Dos extensas columnas daban cuenta del accionar de los uniformados en el cementerio, en el palacio Miró, en la estación Central y en el pueblo de Belgrano. El texto revelaba, en un solo párrafo, la identidad del belga detenido, llamado Pegnarand, que, según se especulaba, había sido quien había escrito la carta dirigida a doña Felisa. Otro matutino, *La Prensa*, también se ocupó del tema, aunque sin la espectacularidad de su competidor. Dedicó un amplio espacio y brindó la identificación correcta de los dos delincuentes capturados.

A través de la nota, los demás Caballeros de la Noche se enteraron de los detalles del operativo y del desenlace. Las noticias de los diarios pusieron a todos los miembros de la banda en estado de alerta.

Muñiz regresó a su alojamiento en la calle México, donde, junto con sus compañeros de cuarto, se sumergió en un intenso debate sobre el complicado caso que involucraba a Peñaranda. La discusión se centró en el insólito delito atribuido al detenido.

El español, mezclando erudición con orgullo, comparó el caso local con el conocido secuestro en los Estados Unidos, al cual calificó de poco profesional. Defendió la capacidad del líder, describiéndolo como parte de una banda altamente organizada y compuesta por no menos de veintiún miembros de élite. «Conozco a Alphonse más de lo que ustedes pueden imaginar», expresó, insinuando su cercanía con el belga. Sus oyentes desconocían que las justificaciones a Peñaranda iban más allá de la mera amistad; no sabían que el español estaba implicado, de manera secreta, en el mismo delito.

Mientras tanto, en otra parte de la ciudad, Pablo Michelange también se enteraba de las novedades a través del periódico. Preocupado por el impacto que podría tener la noticia, tomó su diploma de Caballero y visitó el inquilinato donde vivía Joaquín Barreiro, su ahijado en la asociación. Barreiro estaba al tanto de la novedad, pero no se sentía responsable porque no había participado en ninguna fase del operativo. Michelange condenó las atroces acciones cometidas en el cementerio y explicó que su visita tenía el objetivo de entregarle el diploma que lo identificaba como miembro de la asociación para que Joaquín le hiciera el favor de ocultarlo.

Otro miembro de la banda, Daniel Espósito, afectado por las recientes revelaciones, decidió proceder con cautela y proteger su futuro. Al enterarse de las detenciones, corrió a la pensión del Gaité Abadie. Ambos lamentaron la mala suerte de su amigo común, el Turco Morate. Sin pérdida de tiempo, Espósito afirmó que había recibido una carta del Consejo Supremo instándolo a eliminar documentos comprometedores. No era cierto: en realidad, deseaba borrar cualquier rastro que lo involucrara a él con la banda. El Gaité cayó en el engaño. Quemaron papeles, se despidieron y acordaron verse en unos días, algo que no ocurrió. Libre de conexiones con el secuestro, Espósito huyó de Buenos Aires y nunca más se supo de él.

Por su parte, Francesco Moris todavía sufría los efectos del tobillo torcido, consecuencia del mal salto en el cementerio. Su estrategia consistía en aislarse del resto y, si era necesario, negar cualquier relación con la banda y sus integrantes.

Contrariamente, Florentino Muñiz intentaba aferrarse a la falsa ilusión de que nada había ocurrido. Esa mañana de sábado continuó su rutina con aparente normalidad, yendo a su trabajo cerca del mediodía. Sin embargo, no se sentía seguro y se retiró después de dos horas. Recorrió bares, viajó en tranvía, caminó sin rumbo y leyó los periódicos vespertinos, solo para descubrir que no aportaban más novedades que las que había leído temprano. Por la noche decidió refugiarse en la casa de su familia, situada en la esquina de Belgrano y Defensa, enfrente del convento de Santo Domingo. La llegada inesperada de Florentino sorprendió a Dominga y a los niños, ya que sus visitas se habían vuelto cada vez menos frecuentes. Disfrutó unas horas con los seis varones tratando de desentenderse de las complicaciones que se avecinaban.

En la tranquilidad de la madrugada, tras un breve descanso, Muñiz se concentró en sus meditaciones para evaluar la situación. ¿No estaría incriminándose al no regresar esa noche a la pensión? ¿Y si Alphonse lo había delatado y estaban esperándolo para detenerlo? Sopesó las ventajas y desventajas, analizó los escenarios y tomó una resolución. Eran las dos de la mañana. Dominga y los chicos dormían. Se incorporó, besó la frente de su esposa y salió a la calle con precaución. No tomó el camino más directo de cinco cuadras, sino que optó por hacer un rodeo y cerciorarse de que no había hombres vigilando. Solo cuando se sintió seguro ingresó a la pensión. Con una sensación de alivio, a las cuatro de la mañana se dejó caer en la cama y se durmió, evaluando que la posibilidad de rescatar a su socio era cada vez más lejana.

NO LEEMOS LAS NOTICIAS

El sábado temprano por la mañana, Felisa Dorrego recibió en su cuarto los periódicos. Se acomodó en su sillón predilecto, junto a la ventana, y se concentró solo en los artículos dedicados a la captura de los Caballeros de la Noche. Tomó algunas notas y, de inmediato, escribió una carta:

Buenos Aires, agosto 27 de 1881

Al Sr. D. Marcos Paz - Jefe de Policía de la Capital.

Distinguido señor:

Tengo la satisfacción de dirigirme a usted agradeciéndole la actividad, celo y dedicación que tanto usted como todos los empleados de la estación a su cargo han desplegado para conseguir resolver con tan feliz resultado el horrible crimen perpetrado en el sepulcro de mi querida madre.

Al manifestar a usted el agradecimiento de toda mi familia, le ruego se digne transmitir estos sentimientos a todos los señores que han tomado parte en este desagradable suceso, muy especialmente a los Sres. Tasso y Suffern como también Cueto, Segovia y Acevedo, que tanto interés han demostrado en esta causa.

Gracias a usted con toda la mayor consideración de gratitud y aprecio.

Felisa Dorrego de Miró

Un emisario partió sin demora con la esquela elegantemente ensobrada y la entregó en el Departamento Central de Policía. Aquella mañana, el edificio había abandonado su característica serenidad para convertirse en el epicentro de un bullicio constante. Ese sábado en particular, el ambiente estaba saturado de periodistas ansiosos por conocer las últimas actualizaciones del caso y de curiosos aglomerados con la esperanza de presenciar la llegada de nuevos detenidos o de avistar a los comisarios que habían protagonizado la operación del día anterior. Mientras Acevedo se abocaba de lleno a los interrogatorios de los aprehendidos y Marcos Paz coordinaba las operaciones diarias, la rutina de la dependencia policial se vio alterada por la llegada del presidente de la República, acompañado por su edecán, Artemio Gramajo. Tan distinguida presencia generó un remolino de actividad poco común para un sábado.

El propósito de Roca era claro. Deseaba reconocer personalmente la labor de la policía y sus líderes al resolver tan complejo caso, además de informarse de primera mano sobre los acontecimientos.

La conversación entre Roca y Paz se extendió más de lo habitual, salpicada de interrupciones por el edecán y por el propio Acevedo, quien recibió el saludo presidencial. Paz aprovechó para ofrecerle un breve panorama de la institución en sus primeros nueve meses de vida. Luego de la fructífera charla, el jefe policial escoltó a Roca hasta la puerta, donde se despidieron y el presidente caminó las seis cuadras hasta su hogar.

De regreso a su despacho, Paz se reunió con el comisario de guardia, Clodomiro Tobal, y con Acevedo. Pasadas las dos de la tarde, tomó la correspondencia recibida, la colocó en su portafolio y se retiró del Departamento Central. Iba a la casa de su hermana Emilia: quería agradecerle su hospitalidad al abrir las puertas de su hogar a la cúpula policial la noche del 25. También hubo tiempo para conversar sobre su compromiso con Cruz Victorica y los planes de la pareja. El novio se lamentó por no haber visitado la casa de los Victorica en los últimos días debido al intenso ajetreo provocado por Los Caballeros de la Noche y otros asuntos policiales.

Marcos Paz almorzó con Emilia y sus hijos —su marido se encontraba de viaje—. Ya de vuelta en su casa, lo recibió su *valet*, quien, ayudándolo a quitarse el saco del frac, le dijo:

—Señor Paz, debe leer los diarios. Contienen abundante información sobre sus acciones para atrapar a los secuestradores.

El jefe sonrió.

—Baltasar, nosotros no leemos las noticias, las generamos.

A LAS DOCE EN PUNTO

De los comisarios que participaron en el operativo, quien más pagó las consecuencias fue Pablo Tasso. Pasó tres días en cama. Su ausencia dio lugar a especulaciones. Se corrió la voz de que en el enfrentamiento con los secuestradores hubo un tiroteo y que Tasso había muerto. La realidad era que el grandote se había pescado una gripe debido a que su atuendo de vendedor de aves era poco abrigado para las temperaturas invernales.

Mientras tanto, lejos de los achaques de Tasso, Isidoro Acevedo enfrentaba sus propios desafíos. El comisario procedió con la cautela que había adquirido en tantos años de investigaciones. Antes de someter a interrogatorio a los dos fugitivos capturados en Belgrano, sin duda los individuos más comprometidos, prefirió obtener la versión de los humildes mozos de cordel. Si el Manchado Peri y Bossi habían tenido una participación circunstancial y no pertenecían a la banda, sus testimonios serían valiosas piezas para componer el rompecabezas.

Bossi, el primero en ser convocado, mantuvo su postura imperturbable. Con la mirada firme se enfrentó al interrogador, sin vacilar en sus respuestas. Reveló cada detalle con sinceridad, desde el instante en que lo abordaron en el almacén Suizo hasta su aprehensión al abandonar la estación Central, luego de pasar la caja a su colega.

Tras escuchar a Bossi, Acevedo convocó al Manchado Peri. Por un minuto, los dos changadores se encontraron en la austera sala de interrogatorios. La última vez que se habían visto fue en la estación de tren.

—¿Es esta la persona a quien entregó usted la caja?

—Sí. Es la persona —respondió Bossi.

Allí finalizó su intervención. Se retiró escoltado por un policía. Llegó el turno de indagar a Peri. El mozo de cordel coincidió con su colega en la descripción del joven que los había contratado, lo que llevó a la lógica conclusión de que se trataba de la misma persona.

Con las declaraciones recientes aún resonando en su mente, Acevedo cerró los ojos y se dejó llevar por un mar de pensamientos. Reconstruyó los pasos de los changadores. Sus acciones encajaban como un engranaje bien ensamblado. Aunque no parecían ser miembros activos de la sociedad delictiva, el comisario se preguntó si acaso estaban adiestrados para enfrentar el rigor de un interrogatorio. Dispuesto a evitar que quedaran cabos sueltos, Acevedo requirió las declaraciones de aquellos que podrían corroborar los relatos en el almacén Suizo, la Fonda Española y el almacén de Pipo. Cada testimonio reforzó la teoría del oficial de policía: los dos individuos no eran cómplices, sino que habían sido seleccionados al azar y no integraban la banda.

Con esa certeza fundamental, el comisario Acevedo dirigió su atención hacia uno de los presuntos conspiradores:

el marinero griego Vicente Morate. Guiado por una insinuación sutil del cochero, quien sugería que el Turco obedecía las órdenes del otro detenido, Acevedo entendió que Morate, con menos responsabilidades aparentes, podría brindar más información que Peñaranda.

Sin embargo, el marino había elaborado no una coartada, sino una declaración que lo desvinculaba del belga y, aún más, de la sociedad. Alegó que había contratado un carruaje para pasear por Palermo y que, en cierto momento, cuando se hallaba a la altura del hipódromo, un desconocido subió a la volanta y le ordenó al cochero «que saliera disparado de allí».

En ese momento, el comisario Acevedo se retiró de la sala para regresar de inmediato portando un papel. Era una nota encontrada en el bolsillo del saco del detenido. En ella se leía: «Pasar delante del hipódromo de Palermo y pararse a las dos o tres cuadras más allá, a las doce en punto». Morate no sabía leer, pero reconoció el papel que le había entregado Peñaranda para que lo exhibiera al cochero. El marinero griego inventó la historia de su procedencia.

—Consulté a un hombre sobre cómo llegar a Palermo. Fue amable y me escribió la indicación en un papel para que se la entregara al cochero.

—¿Y por qué le escribió «pararse a las dos o tres cuadras más allá»?

—Porque el hombre me preguntó si prefería ir más allá de Palermo o más acá. Le respondí que deseaba ir más allá y lo escribió en la indicación.

Ante esa respuesta absurda, el interrogador esbozó una sonrisa.

—¿Qué necesidad había de que estuviera en ese lugar a las doce en punto? —inquirió el policía.

—Esas palabras las puso el señor por directivas —atinó a contestar el detenido.

«Suficientes incongruencias», pensó Acevedo y miró a Moreyra buscando su aprobación.

La jornada del sábado fue extensa. Pasadas las nueve de la noche, los sumariantes habían completado veintiséis fojas con ocho testimonios de los tres implicados —los mozos de cordel y el Turco Morate— y cinco testigos de los bares y almacenes involucrados. El comisario se dirigió al hogar de Marcos Paz, en plaza Lorea, y lo puso al tanto de las novedades. El jefe lo atendió en mangas de camisa y fumando el tabaco negro que compraba siempre en la misma tienda, a un costado de la catedral.

Paz y Acevedo coincidieron en que al día siguiente, después del mediodía, se tomaría la declaración al cochero para cerrar el círculo de las pruebas que involucraban a los detenidos. Luego, sí, llegaría el momento de abordar al más comprometido de todos, Alphonse Kerckhove de Peñaranda.

Lejos de los teatros, los bailes y las reuniones sociales, la noche del sábado traía diferentes realidades: Tasso combatía su fiebre, Acevedo se permitía un merecido descanso, Espósito se marchaba de la ciudad para siempre y Muñiz se refugiaba en la casa de su familia. Esa noche, el belga Peñaranda apenas probó bocado del rancho que se repartía entre los detenidos y se dispuso a pasar la segunda noche encerrado. La puerta de la liberación no se había abierto. Y comenzó a dudar de la fidelidad de su socio.

QUE SUBLEVA LA CONCIENCIA

El cochero ingresó el domingo por la mañana en el departamento de Policía, tal como le habían ordenado los comisarios Suffern y Tasso. Sin embargo, no pudo brindar su testimonio porque el comisario Acevedo, encargado del sumario, estaba atendiendo asuntos personales: había organizado ir a misa y almorzar temprano en su casa con Leonor y la dulce Leonorcita. A las doce y media, ya estaba en su puesto de trabajo. Como el testigo se había ido, Acevedo comisionó a dos policías para que encontraran la volanta por el centro, fácil de identificar por el pelaje del caballo y la chapa patente de circulación. La búsqueda se hizo por los alrededores de la catedral y demandó menos de una hora. El cochero estaba almorzando en una fonda. Lo llevaron detenido, ante la sorpresa de los parroquianos.

Aquel domingo, a media mañana, Marcos Paz se sentó en el escritorio de su residencia para responder algunas cartas, entre ellas, la de Felisa Dorrego.

Agosto 28 de 1881

Distinguida señora:

He tenido el honor de recibir la atenta carta en que me manifiesta el agradecimiento de usted y su familia por las pesquisas practicadas para descubrir a los autores del acto sacrílego perpetrado en el sepulcro de su finada señora madre y que ha horrorizado a esta sociedad.

No es extraño que los sentimientos de piedad de la familia Dorrego exageren los méritos de los empleados y agentes de la policía. Pero es mi deber hacerle presente que ellos no han hecho sino cumplir las obligaciones que les impone el cargo que invisten, poniendo todo su empeño a fin de conseguir la captura y castigo de los criminales y evitar que se repita un hecho bárbaro que subleva la conciencia de todo hombre honrado.

Me es grato ofrecer a usted las seguridades de mi respetuosa consideración y aprecio.

Mientras el jefe de Policía atendía la correspondencia, Florentino Muñiz visitaba a Juan Bookart, líder de la rebelión del 75, a quien le anticipó lo mismo que venía repitiendo en la pensión y en el trabajo: que seguramente lo detendrían por su pública amistad con Peñaranda. Al igual que el resto, Bookhart le aseguró que no tendría sentido preocuparse, considerando que él no tenía nada que ver con el asunto del secuestro.

A esa altura, Muñiz había descartado gestionar la liberación de su socio. Si bien evaluaba fugarse, entendía que tal vez fuera una decisión apresurada porque, en caso de que Peñaranda lo preservara en sus confesiones, estaría a salvo. Estimó que debía aguardar hasta conocer la declaración de su socio. Recién entonces tomaría una decisión.

En cambio, el joven sastre Desalvo no tenía dudas: siguiendo un camino similar al de Espósito, decidió embarcarse en el vapor hacia Montevideo. Uruguay parecía ser un lugar más seguro, al menos durante una temporada.

Después de que el cochero, identificado como Carlos Arrighi, finalmente diera su testimonio, los investigadores comenzaron a trazar con lápiz grueso el derrotero criminal: el mozo de cordel Bossi buscó la caja con la recompensa en el palacio Miró y la entregó en la estación Central al changador Peri, quien debía lanzarla desde el tren para que la recogiera Peñaranda, el que abordaría con el Turco Morate la volanta de Arrighi para huir. Solo faltaba determinar la identidad del hombre que contrató a los dos mozos de cordel. Los policías tenían un par de nombres anotados. Llegaba la hora de escuchar al principal detenido.

EL MISTERIOSO ANTONIO DUBOIS

El Turco Morate se había presentado como una víctima de las circunstancias. Paseaba por Palermo cuando un caballero se subió a la volanta y ordenó al cochero que los llevara al pueblo de Belgrano. Su relato tenía poco sustento, pero fue un aliciente que aumentó el interés por conocer la versión de Alphonse Kerckhove de Peñaranda.

El belga, despeinado y con la barba crecida, parecía una sombra del caballero atildado que dos jornadas atrás viajaba en tranvía para cumplir su labor delictiva.

Sus ojos saltones, antes brillantes y seguros, ahora se hundían en su rostro con mirada turbia, producto de dos noches de insomnio y preocupación. Con la camisa manchada, el cuello desabrochado y el traje arrugado y descolorido, toda la elegancia cultivada por años se había venido abajo en cuarenta y ocho horas. Ingresó a la sala con andar cansino. Cada paso le pesaba. Con los párpados entornados, mezcla de resignación y desidia, de un vistazo recorrió el espacio de paredes desnudas. Se pasó la mano temblorosa por el pelo, intentando en vano recuperar algo de su compostura habitual. Se sentó y levantó la vista hacia Acevedo, buscando alguna señal de comprensión o clemencia. Pero se topó con el rostro inexpresivo del experimentado comisario sumariante.

El derrumbe de su persona resultaba evidente para los detectives. Un antiguo adagio policial sostenía: «En el sálvese quien pueda comienza a entretejerse la trama de la verdad». Esta máxima se puso de manifiesto por el contraste que marcarían los dichos de Peñaranda frente a los del Turco Morate.

Cuando se le preguntó si conocía la razón de su arresto, quién lo había capturado y dónde, balbuceó de manera lacónica: «Por disparar al detenerse el tren; creo que fue la Policía de Belgrano».

—¿Cuál es el motivo de su presencia cerca del hipódromo el día 26?

—Estaba allí para recibir un cajón que debían arrojar desde el tren, por encargo expreso.

La estrategia de Alphonse consistía en presentarse como un simple subordinado, un mero peón de la trama.

—¿Por quién fue mandado? —inquirió Acevedo.

—Por cartas y de viva voz —respondió cabizbajo.

—¿Cómo es eso?

—Por cartas de una asociación.

—¿A qué asociación se refiere?

—Se llama Los Caballeros de la Noche.

—¿Cuántos socios la componen?

—Lo desconozco.

—¿Dónde tienen lugar las sesiones?

—No lo sé. Nunca participé.

Con creciente impaciencia, Acevedo intensificó su interrogatorio, mediante una pregunta directa, acompañada de una mirada penetrante:

—¿Quién lo mandó a usted al hipódromo?

—Antonio Dubois.

El comisario tomó nota del nombre. Ignoraba cuánto de realidad o ficción se escondía detrás de las palabras de Peñaranda, pero era consciente de que, a medida que profundizara, lograría acercarse a la verdad.

—Además de usted y de Dubois, ¿qué otros integrantes de la sociedad tuvieron participación en el hecho?

—Uno denominado Patricio y la persona que fue detenida conmigo en el partido de Belgrano.

Peñaranda se cuidó de revelar el apellido del Gaité porque tal vez no lo habían atrapado. Sin embargo, fue una prevención inútil: ya circulaba en los papeles después de que su esposa lo mencionara.

—¿Cuál es el apellido del tal Patricio?

—Lo ignoro, una sola vez me lo dijo.

—¿El apellido de esa persona es Abadie?

—Sí.

Respondiendo al pedido del comisario, Kerckhove de Peñaranda se dispuso a detallar la apariencia de Patricio. El belga supuso que ya habían detenido al francés y que le hacían preguntas cuyas respuestas sabían porque estaban probando el grado de confiabilidad de su declaración. Por eso, aportó mucha información. Dijo que el Gaité tenía veintidós a veintitrés años, de estado civil soltero, trabajaba de mucamo, era alto, blanco, con ojos oscuros, pelo negro lacio, nariz gruesa, boca regular, poco bigote, poca barba y un lunar en el lado izquierdo de la nariz. Agregó que vestía levita negra y, a veces, sobre todo azul, todo un poco usado, además de chaleco negro y pantalón, botines elásticos y sombrero bajo duro. En cuanto al domicilio del francés, confesó todos los que recordaba: había vivido en Perú entre Chile e Independencia, en Estados Unidos entre Tacuarí y Piedras y, últimamente, en Montevideo entre Corrientes y Parque.

No solo se limitó a retratar al Gaité Abadie; Peñaranda continuó con una descripción bien detallada del enigmático Dubois. Aseguró que su nacionalidad era francesa, de treinta y cuatro a treinta y cinco años, casado, que se desempeñaba como corredor de comercio, bajo y un poco grueso; blanco, de ojos oscuros, pelo castaño ondeado, nariz un poco gruesa y boca regular, y que usaba bigote escaso. Su vestuario consistía en un jaquet, además de un sombrero del tipo bombín. Los policías tomaron nota de la descripción del individuo.

Más allá de los aportes, Acevedo no estaba convencido de que el interrogatorio estuviera dando los resultados que pretendía. Optó por cambiar la estrategia. Puso sobre la mesa que separaba al preso de los policías las hojas de la carta original de Los Caballeros de la Noche, con su distintivo sello y la cuidada caligrafía que había desconcertado a los parientes de doña Inés Dorrego. Ante las preguntas cada vez más incisivas, admitió que el sello impreso era característico de la asociación a la que pertenecía. Sin embargo, en cuanto a la carta en cuestión, negó ser el autor y aseguró que desconocía quién pudo haberla escrito.

El comisario, decidido, se levantó y abandonó la pequeña sala de interrogatorios. Moreyra observaba al belga, pero este le esquivaba la mirada, fijando sus ojos en el suelo. Apenas pasó un minuto cuando Acevedo regresó con una caja de cartón. La ubicó sobre la mesa como si fuera una ofrenda, tomándose todo el tiempo para imprimirle dramatismo al momento. Luego desplegó, al lado de la carta intimidatoria, los objetos que había en su interior: un almanaque de 1879 con anotaciones, el borrador de una carta dirigida por Alphonse a su hermano Vincent, un papel con acotaciones escritas en español y francés, y el propio sello de la banda. Todos estos elementos habían sido secuestrados en la residencia del belga. La verdad quedó al descubierto: el boceto de la carta destinada a su hermano y aquella enviada a doña Felisa Dorrego habían sido escritos por la misma mano.

—¿Cómo explica que el sello, que aparece en la carta y la nota dirigidas a la señora de Miró, fuera hallado en su casa?

—Me lo prestó una vez Dubois para ponerlo en unos papeles.

—¿Y los textos manuscritos con letra idéntica a la de la carta? ¿Insiste en que la intimidación dirigida a doña Felisa Dorrego de Miró y la nota para retirar el dinero no fueron escritas por usted?

Alphonse Kerckhove de Peñaranda apretó los labios con fuerza y cerró los ojos. Estaba acorralado.

—Debo confesar que las cartas son de mi puño y letra. Pero el texto me fue dado por otra persona.

Se aferraba a la única mentira que aún mantenía, dando a entender que tanto la carta como la nota le habían sido dictadas. Sin embargo, el astuto comisario percibió que la moral de Peñaranda se deshacía ante la contundencia de las pruebas. No le dio respiro. Lo acosó con preguntas repetidas y fue minando su resistencia, mientras Moreyra no perdía detalle y volcaba cada palabra en el papel. El belga, aturdido, reconoció que el texto también era suyo.

—Soy culpable de todo, pero lo hice en un momento en

que ignoraba lo que hacía, apremiado por las necesidades en que me encuentro con mi familia.

Al incansable Isidoro Acevedo no le bastaba. Redobló su postura inquisidora y logró desestabilizar aún más a Peñaranda, quien, entre balbuceos, confesó:

—La idea de la carta y muchos de sus conceptos me fueron sugeridos por Florentino Muñiz, que vive en la calle México entre Perú y Bolívar. Fue quien me dio la idea de cometer el hecho.

TEMÍ QUE ME QUITARAN LA VIDA

> Callar siempre con quien tienes que callar y lo que tienes que callar. Misterio, secreto y silencio, en todo, por todo y con todos. Por consiguiente, te es formalmente prohibido divulgar o hacer conocer a nadie, y bajo ningún pretexto que sea, el nombre del afiliado que te hizo entrar en la asociación.
>
> Te es formalmente prohibido comunicar o divulgar las órdenes, mandatos o encargos que recibas del Consejo Supremo; y eso tanto antes, como mientras o después de su cumplimiento, y por más insignificantes que sean.
>
> Crudo y terrible castigo alcanzará tarde o temprano el contraventor a estas disposiciones, base y fuerza de la asociación.
>
> 8vo. artículo del Reglamento de Los Caballeros de la Noche

Los investigadores se vieron favorecidos por la confesión completa de Alphonse Kerckhove de Peñaranda. Rompiendo el silencio con una sinceridad arrolladora, el ciudadano belga transgredió las rígidas normas que él mismo había redactado. No se privó de mencionar a nadie, desde los más encumbrados de la banda hasta los eslabones más débiles; todos fueron expuestos por el fundador de la asociación. Nombró uno por uno a los que planificaron el secuestro, los que ejecutaron tareas previas y los participantes en la profanación y gestión del rescate. Desde Muñiz hasta el argelino Kadour y el italiano Paggi, nadie quedó en la sombra. Brindó descripciones físicas y direcciones, detalló los lugares de encuentro y admitió la invención del personaje Dubois.

Después de procesar horas de estas revelaciones sorprendentes, el comisario Acevedo finalmente decidió dar por concluido el interrogatorio. Aun así, dejó la puerta abierta a Peñaranda por si decidía añadir algo más a su descargo.

En un breve respiro dentro de la intensidad del interrogatorio, Peñaranda adoptó un tono más reflexivo y añadió:

—Mis antecedentes en el país demuestran que soy un hombre bueno. He cometido este hecho influenciado por el consejo de Muñiz y apremiado por la necesidad. Pero al transportar el cadáver en el cementerio me arrepentí y habría dejado sin efecto el plan concebido si no hubiese temido que mis compañeros me quitaran la vida.

Agobiado por sus emociones, Peñaranda pidió permiso para escribirle a su esposa. Acevedo, comprensivo pero regido por las normas, le explicó que no podía autorizarlo dada su condición de detenido incomunicado. Sin embargo, ofreció una alternativa: Alphonse podría escribir la carta en la misma sala de interrogatorios y en sobre abierto, asegurando así la transparencia del mensaje. El comisario se comprometió a entregar personalmente la carta al jefe Paz, quien revisaría el contenido antes de decidir si enviarla o no. Se le proporcionó a Peñaranda papel y una pluma. Con la mirada fija y concentrada, como si ya hubiera reflexionado sobre lo que escribiría, volcó las palabras en el papel y entregó la carta terminada. Alphonse regresó a la celda visiblemente afectado.

El domingo comenzaba a despedirse cuando Isidoro Acevedo visitó al jefe Marcos Paz en su hogar. Discutieron los avances de la investigación y planearon los próximos pasos: la liberación de Brícola y la decisión de mantener a los mozos de cordel detenidos hasta capturar al Gaité Patricio Abadie. Para los policías, la prioridad se centraba en atrapar a los demás miembros de la banda: era necesario desmantelar completamente la red criminal.

Asimismo, el jefe aprobó la idea de la carta, pero con la condición de entregarla a Carmen no bien se hubiera avanzado con las detenciones y los allanamientos.

Los policías se mostraron muy satisfechos con la extensa declaración de Peñaranda, que no solo sellaba su propio destino, sino que también ponía en jaque al resto de la banda y servía en bandeja el nombre de su socio. Debido a la confesión de su compinche, el margen de maniobra de Florentino Muñiz se redujo a horas.

¿DE QUÉ SE ME ACUSA?

Florentino Muñiz, exhausto por los eventos recientes, se acostó a las 10.30 pm. En la penumbra de su habitación, sus compañeros de cuarto, Conesa y Liechtenstein, debatían con animación sobre Los Caballeros de la Noche, el tema que había acaparado la atención pública ese fin de semana. Sin embargo, Muñiz tenía preocupaciones más concretas: comentó con resignación que las autoridades seguramente lo interrogarían debido a sus vínculos con el belga y por encontrarse frecuentemente juntos.

Al tiempo que el español daba explicaciones a sus vecinos de habitación, en el cuartito dentro de la alcaidía del departamento de Policía, su socio Alphonse señalaba a él y al resto de los integrantes de la banda, para luego escribir la carta a su amada Carmencita. El tono y el contenido, tan diferentes a los de la misiva preparada para doña Felisa Dorrego de Miró, evidenciaban una mezcla de amor, vergüenza y desesperación.

Mientras tanto, en el cuarto de la pensión, Muñiz contemplaba la posibilidad de huir de Buenos Aires, siguiendo los pasos de Daniel Espósito y del joven Desalvo. Enfrascado en sus pensamientos, cerró los ojos y meditó la idea de partir al día siguiente. Para ello, necesitaría comprar un pasaje en vapor a Montevideo bajo una identidad falsa. El cansancio lo venció y se sumergió en un sueño profundo, interrumpido abruptamente a las 3.30 de la madrugada.

La luz de una lámpara lo cegó y la voz firme de un oficial resonó en la habitación:

—Florentino Muñiz, levántese y dese por detenido.

La confusión se apoderó del ambiente. El español, mostrándose desorientado, se incorporó preguntando:

—¿De qué se me acusa?

El oficial, impasible, replicó:

—Se le informará en la dependencia policial.

Mientras era escoltado para retirarlo del cuarto, Conesa y Liechtenstein intercambiaron miradas de sorpresa ante la gravedad de la situación.

En la fría madrugada de Buenos Aires, el sospechoso fue conducido al carro policial, estacionado a mitad de cuadra de la calle México. Sus manos, atadas y cubiertas por su chaleco de lana, eran sujetadas por un agente fornido que lo ayudó a subir al vehículo. En cuanto los efectivos trabaron la portezuela trasera, el coche se puso en marcha. Dentro, el ruido de los cascos y el crujir de las ruedas sobre los adoquines acompañaban los pensamientos de Florentino. ¿Habría sido traicionado por Alphonse? A través de la pequeña ventana con rejas, veía cómo iban quedando cada vez más lejos los días de sueños delictivos compartidos, la esperanza de hacerse ricos y el orgullo de pertenecer a la banda más sofisticada de la región. Era su tercer viaje en un carro policial y todas las sensaciones le resultaban demasiado familiares.

Al llegar al departamento de Policía, los oficiales bajaron primero, asegurándose de que el área estuviera despejada antes de escoltar al detenido hacia la entrada. Traspasaron la gran puerta de hierro, cruzaron el patio de lozas con el aljibe de mármol blanco y, por el pasadizo hacia la derecha, llegaron a la angosta escalera. Muñiz fue conducido a los antiguos calabozos de deudores, en la planta alta. El pasillo superior, débilmente iluminado por una lámpara de aceite, desprendía un olor a tabaco y orina. Allí fue desatado e ingresado en el tercer cuarto, donde la puerta se cerró con un golpe sordo. Se recostó en el banco de cemento, aprovechando su chaleco como almohada. El techo de ladrillos, a escasos dos metros de altura, se le venía encima. En ese momento, se enfrentó con un destino radicalmente opuesto al que había imaginado apenas una semana antes.

ÉL ME DIO LA IDEA

El resplandor encegueció por un momento a Florentino Muñiz cuando bordeó el patio del aljibe, rumbo al cuartucho, dentro de la alcaidía. Allí aguardó pocos minutos hasta que el comisario Acevedo hizo su entrada, imponiendo su presencia con paso decidido y autoritario, seguido de cerca por el escribiente Moreyra, armado con papel y tinta. El detenido y el comisario quedaron sentados uno frente al otro, mientras que Moreyra se ubicó en la cabecera de la mesa. El comienzo de la indagatoria estuvo marcado por preguntas directas que no daban margen a respuestas esquivas.

A pesar de los insistentes cuestionamientos del comisario, Muñiz permaneció inquebrantable y negó rotundamente tener vinculación alguna con las oscuras actividades criminales que se le atribuían a Peñaranda. Reaccionaba ofendido cada vez que el comisario insinuaba su participación en los planes de secuestro y rescate, así como en la corrección de la carta enviada a las afligidas hijas de doña Inés. Su relación con Alphonse, afirmó, se limitaba estrictamente a lo comercial, aunque no negó las frecuentes visitas a la residencia del belga. Como el interrogatorio se estancaba, Acevedo optó por un cambio de táctica. Ordenó sumar a Peñaranda para que confrontara de manera directa con Muñiz en un careo.

Alphonse y Florentino cargaban con el peso de una historia que venían compartiendo desde el último invierno. Más adelante, en abril, habían forjado el sueño de sus vidas, nada menos que la asociación delictiva más formidable de su tiempo. Pasaron incontables tardes de estrategias y confidencias. Fueron cimentando una alianza y más: una camaradería profunda que tuvo como punto saliente la noche en que Peñaranda terminó detenido en la comisaría Decimoquinta y Muñiz acudió en su rescate. Convivieron un mes bajo el mismo techo, lo que les permitió afianzar aún más los lazos que los unían. Pero cuando la policía desbarató el plan criminal, la relación se desmoronó y quedaron solo los escombros de lo que una vez fue una inquebrantable sociedad.

En un estado de agitación evidente, Peñaranda hizo su entrada. El aire se cargó de tensión en el instante en que los dos hombres se encontraron en el mismo recinto. A ambos les pesaba el recuerdo de la última reunión, el viernes 26 por la mañana, cuando el español le entregó el dinero que recibió por el empeño de las armas. Era la jornada que los convertiría en millonarios. Pero apenas setenta y dos horas después eran acérrimos enemigos íntimos.

Las piernas del belga apenas lograban sostenerlo por la tensión, lo que llevó a los policías a indicarle que tomara asiento en un sofá situado detrás de Muñiz. A continuación, le fue leída la declaración del español. El juez, buscando una respuesta, interpeló directamente a Peñaranda: «¿Qué dice usted, Alfonso? ¿Cuál es su respuesta?».

En un principio, Peñaranda permaneció en silencio. Sin embargo, luego de que uno de los presentes se acercara para susurrarle algo, el belga, con un tono seguro, afirmó: «Sí, él me dio la idea». Ante tal acusación, Muñiz intentó girarse para contrarrestar la calumnia, pero el escribiente Moreyra, situado a su derecha, lo detuvo por el brazo y le instó a permanecer en su posición sin girarse.

El duelo verbal concluyó sin proporcionar la claridad que el comisario había esperado. Con la investigación en un aparente callejón sin salida, Isidoro Acevedo se vio forzado a explorar nuevos caminos. Su atención se dirigió entonces hacia Francesco Moris, otro de los detenidos. El testimonio del italiano podría llegar a ser crucial para esclarecer los enigmas que todavía rodeaban al caso.

LOS AMIGOS DE CHIVILCOY

Dos policías tomaron de los brazos a Florentino Muñiz y lo llevaron a la celda. En cambio, Alphonse Peñaranda permaneció en la sala con los interrogadores. El largo silencio solo fue interrumpido cuando Acevedo informó al preso que la carta que había escrito a su mujer llegaría a destino probablemente esa misma semana. El belga, con la mirada perdida, asintió.

Los mismos policías que habían custodiado a Muñiz ingresaron con otro de los detenidos.

—¿Reconoce a este hombre?

—Es Francesco Moris, que me acompañó al cementerio cuando se hizo el secuestro del cadáver de la señora de Dorrego. Este hombre se cayó al saltar la pared del cementerio después de cometido el hecho y se recalcó el pie.

Moris alzó la vista y dirigió una breve mirada con desprecio a quien lo había delatado. El comisario Acevedo ordenó que retiraran al belga de la sala.

—¿Conoce a Alphonse Peñaranda?

—¿A quién?

—Peñaranda, el individuo que acaba de retirarse y lo señaló a usted.

—Lo conozco de vista, pero ignoro su nombre y nunca he tenido relación con él.

La próxima pregunta apuntó a su participación en el secuestro:

—¿Qué hizo la noche del miércoles 24?

El detenido respondió que había compartido esas horas con dos amigos de Chivilcoy, cuyos nombres aportó al sumario. Según Moris, recorrieron bares y prostíbulos hasta el amanecer del jueves, en que acompañó a sus amigos a la estación del Parque, donde abordaron el tren de regreso a su ciudad. Su descargo contenía un par de certezas. Cuando enumeró los boliches recorridos, mencionó que el primero fue la Liga Lombarda. Efectivamente, allí había estado, aunque no con sus amigos, sino con los integrantes de la banda. Se habían reunido en aquel bar a tomar vino caliente antes de emprender el viaje al cementerio. La otra verdad a medias fue la mención de los amigos de Chivilcoy.

Porque la noche del 24, luego de saltar el muro del cementerio y torcerse el pie, le pidió dinero al belga y, asistido por el Caballero Daniel Espósito, tomó el tranvía a una cuadra del lugar. Moris se bajó en la calle del Temple, ingresó a un prostíbulo y apuntó a la mesa de dos jóvenes cándidos, a quienes invitó a unos tragos. Con esos conocidos de ocasión pasó a un par de boliches más y a las seis de la mañana los acompañó a la estación del Parque. Había retenido sus nombres en la memoria, pues ellos serían su coartada en caso de que surgiera alguna dificultad. Su explicación terminó siendo un cóctel de momentos reales relatados en forma desordenada. Pero el hecho de que nada menos que el jefe de la banda lo incriminara ponía en peligro la construcción de su elaborado relato.

—¿Qué tiene en el pie y desde cuándo está cojo?

—Es una torcedura que padecí el jueves por la mañana después de acompañar a mis amigos a la estación; me la hice en el mercado del Plata.

—¿Quién lo vio cuando se torció el pie?

—Muchas personas, pero no puedo indicar el nombre de ninguna.

Acevedo advirtió que la indagatoria se diluía en evasivas y preguntó:

—¿Está dispuesto a declarar si es cierto que en la noche del 24 a las once pasadas estuvo en el cementerio del Norte en compañía de Alphonse Peñaranda, Vicente Morate, Pablo Michelange y de otra persona llamada Daniel? ¿Admite que sustrajeron el cajón que contenía el cadáver de la señora de Dorrego y lo condujeron a la bóveda de la familia Requejo? ¿Está al tanto del crimen perpetrado para el cual se llevó a cabo la sustracción del cajón?

Moris respondió que ignoraba todo lo que estaba mencionando el comisario.

Acevedo se mantuvo impasible, observando con ojos agudos al detenido, quien, con el sombrero en su regazo cubriendo sus manos esposadas, ensayaba su papel de inocente. Moris se mostraba indiferente a las preguntas y hablaba con una calma que rozaba la insolencia. Sin embargo, Acevedo, veterano de mil interrogatorios, en los que la verdad a menudo se ocultaba bajo capas de engaños y medias verdades, sabía leer entre líneas; y percibía la mentira de la misma manera que el lobo huele el miedo. Tenía la certeza de que Moris le estaba mintiendo, lo mismo que el español Florentino Muñiz.

El comisario Acevedo dio por terminado el interrogatorio. Mientras Moris abandonaba la habitación, un mutismo espeso envolvió a los policías pensativos. Acevedo se sentía molesto con la frustración. Se levantó lentamente de la silla y caminó rodeando la mesa. Con cada paso su irritación se hacía más densa. En un gesto mecánico, extrajo su reloj de bolsillo. Las agujas le recordaron el tiempo perdido frente a dos criminales que, por ahora, se le escabullían. Pero sus ojos se detuvieron en el interior de la tapa, adornada con el retrato de su pequeña hija. Allí encontraba el aliento para seguir adelante. A pesar del cansancio y la desazón, no se daría por vencido. La cubierta del reloj chasqueó al cerrarse y un sonido seco resonó en la sala, levantándolo del pesar. El comisario se volvió hacia su subalterno. «El belga es la clave, Moreyra. Volveremos a empezar», dijo con voz firme. Tomó de su abrigo un sobre, lo extendió a su compañero y ordenó: «Que mañana temprano lleven esta carta a la señora de Peñaranda». Necesitaba congraciarse con su principal aliado en la banda criminal. O conseguía más información o se le escaparían los delincuentes que aún no habían sido atrapados. Y eso jamás se lo perdonaría.

LOS CONSEJOS DE UN BRIBÓN

La vida de Carmen había dado un vuelco inesperado desde la detención de su Alphonse. De repente, se había visto arrastrada a una posición que jamás había imaginado. A pesar de su espíritu sereno, no podía evitar sentirse abrumada por la magnitud de los acontecimientos. Tres golpes en la puerta interrumpieron sus cavilaciones. Al abrirla, se encontró frente a un policía cuya presencia imponía respeto por su altura y la pulcritud de su uniforme. El hombre, con la solemnidad propia de su cargo, extendió una carta, informándole con voz mesurada que provenía de su marido desde la prisión.

Intentando disimular su desesperación y con un simple gesto de agradecimiento, Carmen cerró la puerta y presionó la carta contra su pecho. Sintió cómo un nudo se formaba en su garganta. Abrió la lengüeta del sobre, ansiosa y temerosa de las palabras que encontraría escritas por la mano del hombre con quien había decidido formar su familia. En la quietud de su hogar, con su hija dormitando en la cuna, la joven madre se permitió unos momentos de débil esperanza, aferrándose a las palabras escritas por Alphonse:

Mi querida Carmen:

Aprovecho la bondad del Sr. Jefe para escribirte estos renglones.

¡Pobre Carmen! ¡Pobre familia! No se aflijan ustedes y perdónenme si en un momento de debilidad me he dejado llevar por los consejos de un bribón.

Te aconsejo, Carmencita, ir con mamá y ver a la señora de Miró, en la plaza del Parque. Es una señora buena y muy cariñosa, de corazón grande.

Hazle ver a la señora que tenemos una hija y somos muy pobres.

Lo único que me hace sufrir es el pensar en ti, pensar, pobre inocente, que por culpa mía sufres: moralmente por mi ausencia, físicamente por falta de mi ayuda. Perdóname, te lo imploro, quiéreme como antes, si no seré el más infeliz de los hombres.

Te abrazo mil veces, ven a verme y no te olvides de ver a la señora Felisa de Miró, hazlo por mí.

Recuerdos a toda la familia.

No se aflijan ustedes; se los ruego.

Otros abrazos, tu marido que te quiere,

Alphonse

PD: Abraza a nuestra querida hijita María Luisa. ¿Cómo se halla?

Apenas podía leer las últimas palabras, borrosas entre sus lágrimas. Se dejó caer en la silla más cercana. Hasta ese instante, había estado convencida de que su marido cargaba con una acusación infundada. Sin embargo, la confirmación de Alphonse derribó todas sus esperanzas y el llanto ahogado irrumpió en todo su caudal.

Mientras tanto, su marido era citado nuevamente al cuarto de interrogatorios. Los policías y el preso ocuparon los mismos sitios que en las ocasiones previas. En cuanto se acomodaron en sus asientos, el comisario Acevedo le comunicó que su esposa había recibido la carta que él le había escrito. Peñaranda contuvo la mezcla de sensaciones, entre la vergüenza y el alivio, aunque su momento emocional fue cortado de forma abrupta por el policía, quien no estaba dispuesto a darle margen de reflexión.

—Parece que busca desligarse de las culpas. Si ese es el caso, es imperativo que revele todo cuanto sabe. Se procederá a revisar sus declaraciones previas. Reflexione bien sobre lo que aún no nos ha contado.

Con un ritmo mesurado, Moreyra leyó las declaraciones de Peñaranda, interrumpiendo la lectura ocasionalmente para sostener la mirada del detenido. Una vez finalizada la lectura, Acevedo inquirió:

—¿Hay algo más que pueda añadir? Tómese su tiempo, no hay prisa. ¿Qué más puede revelarnos?

El belga ofreció detalles de los cuatro días que antecedieron al secuestro, desde las modificaciones a la carta de extorsión hasta los momentos previos a su captura en Belgrano. También reveló que habían asistido al funeral de doña Inés y que regresaron al cementerio por la noche, cuando terminaron encarcelados con Kadour. Mencionó los bares donde se encontraba con Muñiz y proporcionó la ubicación precisa para localizar al Gaité Abadie.

Esta revelación no solo sumó evidencia para incriminar

al español, sino que también condujo a la detención de los miembros de la banda: los Caballeros Michelange, Barreiro, Abadie y, posteriormente, el argelino Kadour.

Acevedo, en la sala de interrogatorios, y Suffern, en la calle, iban reuniendo evidencia. Un hallazgo crucial fue un baúl que contenía diplomas, reglamentos y otros documentos vinculados a la organización, tomado durante el allanamiento al cuarto de Abadie. La inspección de casilleros postales resultó ser fructífera, ya que los oficiales encontraron correspondencia que implicaba tanto a Michelange como al joven Desalvo.

En los días siguientes se llevaron a cabo más interrogatorios, confrontaciones y confesiones. La mayoría, con el Gaité a la cabeza, admitió integrar la sociedad y confesó su participación en el secuestro. Francesco Moris, en cambio, continuó defendiendo su versión de una recorrida prostibularia con amigos de Chivilcoy más una lesión por un traspié en el mercado del Plata. También Muñiz negó cualquier vinculación con la banda y el hurto del cadáver.

El Turco Morate, por su parte, mantuvo las explicaciones intrincadas sobre su supuesta inocente excursión por Palermo hasta que, en un careo con Abadie, el francés le dijo con resignación:

—Es inútil negarlo, amigo. Nuestro líder, don Alfonso, ya lo ha revelado todo.

El rostro de Morate reflejaba sorpresa. No esperaba ser delatado por el líder de la sociedad. Negando con la cabeza y dirigiéndose al inspector Acevedo, contestó:

—No podía decir nada porque me amenazaron con cortarme la cabeza si revelaba cualquier detalle y por quién había sido mandado.

—¿Quién lo amenazó?

—Peñaranda.

Morate se rindió. Su declaración sobre los sucesos del viernes 26, durante la visita a Palermo que culminó con su captura en el poblado de Belgrano, quedó documentada en dos hojas del expediente.

De la banda, únicamente Daniel Espósito y el joven Desalvo lograron evadir la captura. No obstante, para los oficiales que llevaban adelante la investigación aún quedaban cabos sin atar.

PANCHO RAMOS

Una reunión cumbre en el despacho del jefe de Policía convocó a los pilares de la institución: Paz, García Merou, Pinedo, Acevedo, Suffern, Tasso, Cueto y Cernadas. El motivo principal era que Acevedo ofreciera una visión actualizada sobre el progreso de la investigación que había capturado el interés de toda la ciudad.

El comisario de la Recoleta presentó la lista de los nueve detenidos:

—Alphonse Kerckhove de Peñaranda, Florentino Muñiz, Vicente Morate, Patricio Abadie, Francesco Moris, Pablo Michelange, Joaquín Barreiro, José Antonio Kadour y Ángel Defeo, que tuvo una remota participación en los inicios de la sociedad, ya que abrió la casilla postal. Fugados: Daniel Espósito y Francisco Desalvo.

En cuanto al joven sastre Desalvo, una carta interceptada permitió establecer que había zarpado hacia Montevideo.

Asimismo, se estableció que los dos mozos de cordel que habían intervenido en el cobro del rescate, al igual que el cochero Arrighi, no estaban involucrados en la banda y fueron liberados. También quedó libre de sospechas José Paggi, quien iba a ser utilizado para traducciones al italiano pero renunció en cuanto advirtió los fines oscuros de la asociación.

El jefe Paz consultó al asesor letrado Pinedo si ya se habían reunido los elementos suficientes para trasladar la causa al juez de instrucción. Las confesiones, los diplomas, la identificación del autor de la carta a las víctimas y, sobre todo, la concordancia al reconstruir los hechos llevaron a Pinedo a dictaminar que, efectivamente, el expediente debía pasarse a la Justicia.

Hasta ese momento, dos jueces del fuero criminal habían participado autorizando allanamientos: Francisco Ramos Mejía y Julián Aguirre. El primero quedó a cargo de la investigación.

Ramos Mejía siempre contaba con orgullo que había nacido en Buenos Aires gracias a que su madre, aunque exiliada en Montevideo por desavenencias con Rosas, resolvió que daría a luz a todos sus hijos en tierra argentina y regresaba al país en los días de parto. Así ocurrió con él y sus hermanos.

En cuanto cayó Rosas, los Ramos Mejía volvieron al hogar porteño. Tras completar sus estudios, Pancho Ramos, como lo llamaban sus amigos, se casó con su prometida Edelmira Irigoyen. La pareja partió rumbo a Dolores, a doscientos kilómetros de Buenos Aires, donde el flamante abogado planeaba ejercer su profesión. Sin embargo, su bufete tuvo corta duración: apenas unos meses en 1876, debido a que la Justicia requería funcionarios. Con menos de un año de ejercicio profesional, el 3 de julio de 1877 se convirtió en juez del fuero criminal.

Reconocido por su rigidez, Ramos Mejía, quien promediaba los treinta y cuatro años, no toleraba la falta de disciplina, el desaliño ni la impuntualidad y, aunque extremadamente liberal en política, su sala era un espacio de neutralidad.

Su padre había sido ferviente partidario de Juan Galo de Lavalle, quien en 1828 había mandado fusilar a Manuel Dorrego, tío de Felisa y sus hermanas. Aquellos hechos que tuvieron lugar cincuenta años atrás, lejos de presentarse como una complicación, le permitían al juez hacer gala de su imparcialidad.

Conocido por su eficiencia, rápidamente ordenó más allanamientos, interrogatorios adicionales, confrontaciones y el traslado de los detenidos a la penitenciaría de Palermo, manteniendo su aislamiento.

Para los reclusos de la banda comenzaba una nueva etapa: la selección de defensores legales. En cada una de las nueve celdas donde fueron alojados se preguntaban si convendría optar por una defensa colectiva o individual. Pronto se resolvería el dilema.

Mientras la historia de Los Caballeros de la Noche ganaba atención en la prensa mundial, el juez Ramos Mejía se concentraba en la captura de uno de los fugitivos, el joven Desalvo.

A LA PESCA DE JOSÉ ARBIA

El oficial Justiniano Moreyra salió del Departamento Central de Policía y atravesó la plaza de la Victoria. Sus botas resonaban sobre las baldosas aún húmedas por el rocío nocturno. La Recova, con sus arcos sombríos y murmullos de comerciantes preparándose para el día, quedó atrás mientras se dirigía al edificio del Correo, a un costado de la Casa de Gobierno. Al ingresar en la estafeta, Moreyra no fue hacia los mostradores de atención al público, sino que viró hacia la izquierda buscando el despacho del director del Correo.

El responsable de la oficina postal se encontraba absorto en la lectura de un documento junto a la ventana, aprovechando la luz diurna que se colaba por el ventanal que daba a la plaza. Con un discreto carraspeo, Moreyra se anunció.

—Buen día, ¿ha venido por la correspondencia? —indagó el director.

—Así es, señor. El doctor Paz le extiende sus saludos —respondió el oficial.

—Tenga, por favor; hágale llegar mis respetos a su superior —dijo el director, dándole el documento.

Con la carta en mano, Moreyra regresó al cuartel y se dirigió sin demoras al despacho de Paz, donde ya lo esperaban el propio jefe y el comisario Acevedo. Paz retiró la nota que protegía el sobre. Llevaba la firma de José Arbia. Sin embargo, ellos sabían que detrás de ese nombre se ocultaba el fugitivo Francisco Desalvo. El jefe policial leyó la carta en voz alta:

> Mis queridos padre y madre:
>
> Vengo a revelarles mi buen viaje. Gracias al Señor, no pasé ningún dolor de cabeza. En el mismo vapor encontré a un español que me recomendó a un sastre de Montevideo, así que mañana, 2 del mes, voy a trabajar.
>
> No tengo más que decirles, si están bien todos, y me darán un abrazo a mis hermanas que tanto siento tenerlas lejos. Si preguntan por mí, me le darán recuerdos a todos, les dirán que estoy en el campo, en Mercedes o en cualquier otro pueblo que mejor les parezca.
>
> José Arbia

La carta llevaba una posdata: «La dirección la sé. Calle Ciudadela 103, Montevideo. Es un restaurante y fonda. Al señor José Arbia».

Acevedo se lamentó:

—Nos lleva cinco días de ventaja: hoy es 6 de septiembre —murmuró con amargura.

—Moreyra, usted zarpará mañana mismo tras él —ordenó Paz de manera terminante.

—Comprendido, señor jefe.

Siguiendo las instrucciones, el miércoles 7 de septiembre, cuando se insinuaba el alba, Moreyra se embarcó en el vapor Cosmos, que zarpaba con destino a Montevideo. Consciente de que no había tiempo que perder, en cuanto desembarcó se presentó ante las autoridades locales. Necesitaba que sus colegas uruguayos, sin despertar sospechas, cotejaran el domicilio indicado en la nota y confirmaran cuál era la sastrería que había incorporado a un joven esa misma semana. La averiguación se llevó a cabo con discreción y eficacia.

El 8 de septiembre a las cinco de la tarde, el oficial Moreyra interceptó al joven sastre. La confrontación entre el agente y el acusado se desarrolló sin altercados. Desalvo admitió su afiliación a Los Caballeros de la Noche y expresó su disposición a justificarse ante las autoridades argentinas. Aceptando su situación sin oponer resistencia, acompañó a Moreyra de vuelta a Buenos Aires, en un viaje regido por un silencio cargado de tensión, solo interrumpido por el rítmico chasquear del vapor sobre las olas.

A su llegada, el oficial formalizó la captura de Desalvo, quien se entregó a las autoridades sin presentar resistencia. Fue conducido de inmediato a la estación policial, donde quedó a disposición del juez Ramos Mejía.

El fugitivo se convirtió en el décimo integrante de la banda en ser apresado. El juez ordenó su inmediato traslado a Palermo y preparó el interrogatorio al que lo sometería.

EL PANÓPTICO DE PALERMO

El 9 de septiembre a las cuatro de la tarde, en una operación coordinada entre los comisarios Tasso, Suffern y Segovia, con el apoyo del oficial Pedro Basso y el cabo Honorio Mayorga, se logró asestar otro golpe significativo contra la criminalidad en Buenos Aires. Esta vez, el objetivo fue una red de falsificadores que operaba en el barrio de Recoleta. El comisario Acevedo, libre de sus compromisos con el caso de Los Caballeros de la Noche al haber pasado a jurisdicción de la Justicia criminal, también se sumó al equipo.

La estrategia incluyó la colaboración de un comerciante local que se prestó como señuelo. Gracias a su gestión, los policías ingresaron en el taller clandestino de impresión de billetes ubicado en Ayacucho y Juncal. La captura presentó dificultades porque los marginales se resistieron y provocaron escenas de pugilato general, donde los puños de Tasso, Suffern y Honorio Mayorga tuvieron una actuación destacada.

Una vez más, la salita de interrogatorios del Departamento Central fue escenario de preguntas y respuestas, en este caso, a cargo del comisario Pablo Tasso. Pocos días después los falsificadores —sus jefes eran un alemán y un español— fueron derivados a la penitenciaría de Palermo, que ya había acogido en días previos a los nueve comprometidos en el secuestro del cadáver de doña Inés Indart de Dorrego.

La penitenciaría se extendía en un predio de ciento veintidós mil metros cuadrados, con frente sobre la avenida Chavango, un ancho camino secundario que conectaba el barrio de Recoleta con Palermo. La edificación se alzaba como un hito arquitectónico de tal magnitud que los porteños, embelesados, se congregaban para observarla como si fuera una colosal pieza de arte.

Para los hijos de Florentino Muñiz, su padre era un experimentado conocedor de los usos y costumbres del universo carcelario. Cierta vez que el español paseaba con dos de sus niños, se detuvieron a contemplar la construcción. El menor le preguntó acerca de la extraña forma del presidio. Su respuesta fue ilustrativa:

—Observa la gran torre central. Verás que desde allí parten pabellones en todas las direcciones, como si esos pabellones fueran los pétalos de una flor.

—¿Como una margarita, padre?

—Así es. Lo llaman «el panóptico» por las ventajas de tener esa forma. Lo especial del diseño es que permite a un solo guardia, desde la torre central, controlar a todos los prisioneros en sus celdas sin que ellos puedan verlo. Es como cuando te portas bien porque crees que alguien te está mirando, aunque no esté claro si realmente lo está haciendo.

—¿Pero usted sabía cuándo lo vigilaban?

—Claro que sí, hijo —mintió aquella vez Muñiz, quien

solo conocía la vieja cárcel, contigua al Departamento Central de Policía.

De todos modos, la respuesta real era mucho más compleja. Además de la torre central, la penitenciaría de Palermo contaba con cuatro torreones en sus vértices, desde donde los centinelas llevaban adelante una estricta vigilancia.

Aun frente a la inevitable opresión que significaba el encierro, los presos percibían que las instalaciones ofrecían mejores condiciones que su vida cotidiana, gracias a servicios como iluminación a gas, agua corriente y espacios de recreación con buena luz natural.

Sin embargo, los beneficios no alcanzaban a todos. Los Caballeros de la Noche sabían, por comentarios o por vivencias propias, que dentro del establecimiento había dos clases bien distintas: los penados y los encausados. Mientras que las causas criminales de los primeros tenían sentencia firme, los segundos aún estaban en juicio. Esa diferencia fundamental marcaba un notorio contraste. Los penados se regían por el Reglamento de la Penitenciaría; los encausados lo hacían por el que regía en la cárcel del Antiguo Cabildo. Al ingresar el penado, se le rasuraba la barba y el bigote, se le cortaba el pelo y se le daba un uniforme azul. En cambio, el encausado conservaba su ropa —muchas veces insuficiente para el frío de las celdas—, su pelo, el desaliño y, en muchos casos, la falta de higiene. Lo mismo ocurría con la ropa de cama. Más allá de los mencionados, el ejemplo que más sobresalía era el de la comida. Los que ya habían sido condenados recibían el menú de la cárcel. Por su parte, aquellos que aguardaban la definición de la Justicia se alimentaban gracias a la caridad de las damas de

San Vicente de Paul, entre quienes se encontraban las generosas hermanas Dorrego.

Además, los talleres de carpintería, herrería y panadería, donde se enseñaban oficios para aplicar en el futuro, eran lugares vedados para los encausados.

Tantas diferencias quedaban de manifiesto en los pasillos de los pabellones, donde la limpieza del espacio de los penados se destacaba frente a la suciedad y el mal olor del sector de los detenidos que, por otra parte, duplicaban a los otros.

En el lote de los mal entrazados figuraban los integrantes de la exclusiva banda Los Caballeros de la Noche. De todos ellos, Peñaranda se destacaba por la transformación que había sufrido. Lejos habían quedado los días de su atildada aristocracia. Flaco, demacrado y barbudo, se lo veía derrumbado en la celda. Era la encarnación de la derrota.

JUECES EN CARROS INDIGNOS

Alrededor de ochenta testigos fueron citados para ofrecer su versión ante el comisario Acevedo o el juez Ramos Mejía. El listado incluyó a Carmen González de Muñiz, mozos de bares que frecuentaban los delincuentes, familiares de las víctimas, prestamistas, vecinos y aquellos que, sin intención, proveyeron elementos cruciales para el crimen, desde material de imprenta hasta recipientes que contenían venenos.

Los que declararon en la instancia del sumario policial lo hicieron en el Departamento Central; mientras que los restantes acudieron a los tribunales del fuero criminal, que funcionaba en uno de los edificios de la Penitenciaría de Palermo, ubicado a cinco kilómetros del centro de la ciudad.

La decisión del gobierno de emplazar los tribunales en esa localización específica no estuvo exenta de complicaciones para abogados y jueces, quienes solían movilizarse en transporte público. Los tranvías, que transitaban principalmente por la calle Santa Fe, no circulaban por Chavango —el camino de acceso al complejo penitenciario— debido a su mal estado y la ausencia de vías apropiadas.

Esto obligaba a magistrados, fiscales, defensores, testigos y familiares de los presos a descender en la calle Coronel, desde donde los más acomodados podían permitirse el lujo de un coche privado para el último tramo de un kilómetro hacia la entrada de la penitenciaría. Los demás debían hacer el trayecto a pie. El calor estival y las lluvias invernales que ablandaban el terreno sumaban una dificultad al ya complejo desplazamiento de los coches. En estas malas condiciones, tanto Ramos Mejía como sus colegas se veían forzados a utilizar carros de carga para llegar a su destino, tras bajarse del tranvía en Santa Fe, repitiendo el procedimiento en el camino de regreso. El ambiente judicial cuestionaba la degradación que significaba para los jueces viajar en condiciones indignas de su posición.

Sin embargo, la ubicación de los tribunales dentro del complejo penitenciario ofrecía ciertas ventajas, como la facilidad para tomar declaración al detenido. No requería de largos procedimientos: bastaba con solicitar su presencia y, en pocos minutos, este se encontraba frente al juez. A diferencia de los interrogatorios durante el sumario policial, en esta nueva etapa los encarcelados gozaban del derecho a la representación legal.

De los diez integrantes de la banda que permanecían encarcelados, ocho recibieron el beneficio del defensor de pobres que proveía el Estado, mientras que dos —Muñiz y el joven Desalvo— optaron por abogados privados. Precisamente, ellos eran los extremos de la banda y coincidían en la misma estrategia: no verse involucrados con el resto. Peñaranda lo entendió pocas semanas después y también contrató su representante exclusivo.

Los nombramientos trascendían el simple hecho de procurar una defensa adecuada. Cuatro abogados se preparaban para la batalla jurídica donde la libertad de uno parecía depender de la condena del otro. Muñiz y Peñaranda, en un tiempo hermanados en sus ambiciones, ahora se veían envueltos en una lucha en la que cada afirmación se transformaba en un golpe certero, y cada evidencia aportada se convertía en un nuevo eslabón para la cadena que intentaban colocarle al adversario, en un desesperado intento por obtener el premio de la propia libertad. En ese forcejeo legal, poco importaban los daños colaterales que podría padecer hasta el más insignificante miembro de la devaluada sociedad que unos y otros habían conformado tiempo atrás, unidos por el codicioso apetito del dinero fácil.

AGUIRRE, EL IMPLACABLE

En diciembre de 1860 contraje matrimonio en Nápoles con Carmela Cuecco. Durante varios años, ha reinado entre nosotros la mayor armonía, aumentada por el nacimiento de siete hijos que hacían nuestra felicidad.

A pesar de no contar más que con mi trabajo personal, nunca ha faltado a mi esposa ni a mis hijos lo necesario para la subsistencia, teniendo para conseguir este objeto que trabajar generalmente doce o catorce horas diarias.

Estos sacrificios obligaban la gratitud de mi esposa que, por su parte, hacía lo posible en su esfera por corresponderme, llegando hasta el punto de que nuestra paz doméstica fuera realmente envidiable.

Mi esposa, a quien nada faltaba, mi esposa, que tenía el cariño de su marido y el aprecio de las personas que la trataban, mi esposa, que no tenía queja ninguna de mí, se ha hecho indigna de mí y de sus hijos, violando la fe conyugal y entregándose a los brazos de su amante.

Luis Vitaliano contra su esposa, Carmela Cuecco,
y Lucas Baccaro, por adulterio

El 21 de septiembre de 1881, antes de que se cumpliera un mes del secuestro del cadáver y la detención de los miembros de la banda, Francisco Ramos Mejía, el juez de instrucción, consideró que había finalizado su labor. Durante tres semanas indagó a todos los arrestados, reunió pruebas adicionales y, sobre todo, contribuyó significativamente al esclarecimiento de los hechos. Gracias a su diligencia, se añadieron al caso ciento veinte hojas nuevas que, sumadas a las ciento treinta del informe policial, conformaban un voluminoso expediente.

Las últimas acciones de Ramos Mejía se centraron en decretar la liberación de Ángel Defeo, quien únicamente había gestionado la casilla postal de la banda durante su formación, y en recabar el testimonio de Felisa Dorrego.

La dama confirmó la autenticidad de la carta que recibió de los secuestradores y ofreció buenas referencias de Dominga González, la esposa de Muñiz, aunque aclaró que nunca conoció al marido. En cuanto al apellido Peñaranda, no le resultaba familiar y no recordaba haber visto alguna vez a su esposa, Carmen Pizarro.

El juez le preguntó si las Dorrego deseaban sumarse como querellantes en la causa contra la banda. Felisa respondió con convicción:

—De ninguna manera. Para nosotras es un asunto del pasado.

Completado el trámite, Ramos Mejía envió el expediente al juez de sentencia, su colega, el jujeño Julián Aguirre, reconocido por muchos debido a una anécdota de su adolescencia.

A la edad de trece años, cuando era estudiante del Colegio Nacional de Buenos Aires, compartió pupitre en la primera fila con Miguel Cané. Juntos crearon un lenguaje de signos escritos para tomar notas rápidamente y seguir el ritmo del profesor Amadeo Jacques. Este método fue adoptado por cientos de estudiantes, quienes de esta forma mejoraron el registro de apuntes durante el dictado de clases.

Los dos astutos alumnos siguieron la carrera de Derecho. Aguirre se recibió en 1872 y, pasados tres años, fue designado juez bonaerense del crimen del Departamento Sud, con sede en la ciudad de Dolores, a doscientos kilómetros de la capital.

En marzo de 1875, con tan solo veintisiete años, el juez Aguirre se enfrentó al desafío de emitir el veredicto en un caso de gran repercusión: un asesinato cometido en el pueblo de General Lavalle, situado en el distrito de Ajó. El crimen ocurrió la noche del sábado 28 de febrero de 1874, cuando Esteban Bergallo asesinó a Agustín Urzu, quien le había ofrecido generosamente alojamiento, mientras esperaba que su protegido recibiera un pago por sus primeras jornadas de trabajo. Dos días después del ataque, el 2 de marzo, la policía descubrió el cadáver de Urzu en su cama, con una bala en la sien, mientras Bergallo huía hacia Buenos Aires en barco. El fugitivo fue sorprendido antes de alcanzar su destino. Al ser capturado, Bergallo confesó el robo de cinco mil pesos que la víctima llevaba dentro de su cinturón.

La resolución del juez Aguirre fue inmediata. Dictaminó la pena de muerte para el asesino, sentencia que fue posteriormente confirmada por las instancias superiores. La ejecución de Bergallo tuvo lugar el 15 de marzo de 1877 en la plaza pública de General Lavalle.

Ese caso no era una excepción en la jurisdicción de Aguirre. Su autoridad abarcaba diversas ciudades populosas, entre ellas Azul, Chascomús, Ayacucho y Ajó, donde los delitos como asesinatos, secuestros y robos de ganado constituían la mayor parte de las causas que caían bajo su competencia.

El juez fue trasladado a Buenos Aires y, en noviembre de 1880, quedó a la cabeza de uno de los juzgados criminales instalados en la penitenciaría. A su despacho llegó el legajo de Los Caballeros de la Noche, que se sumó a otros expedientes; entre ellos, el de los falsificadores apresados en Recoleta, el intento de hurto de un sombrero en un inquilinato de la calle Corrientes, el del marido que irrumpió en el cuarto de una pensión, a la vuelta de su casa, para atacar con un puñal a su esposa y al amante; una pelea desigual a la salida de un boliche en Barracas, un asesinato de madrugada en el barrio de La Boca, el intento de suicidio de una prostituta, la denuncia de un marido engañado (Vitaliano) y el caso de los dos hombres montados en el mismo caballo que encerraron a un jinete en Palermo y le robaron el dinero amenazándolo con una pistola y un cuchillo.

Durante sus primeros años como magistrado en Dolores, Aguirre se encontró en el centro de polémicas que ponían en duda su imparcialidad. No obstante, una vez en Buenos Aires se distinguió por su determinación y severidad, cualidades que suelen emerger tras años de experiencia y reflexión, pero que, en su caso, parecían ser innatas o haberse desarrollado precozmente. Su inquebrantable respeto por la ley y sus mandatos, aunado a una inteligencia nítida y perspicaz, lo dotaban de la habilidad para desentrañar la compleja maraña de la ley y emitir su veredicto en la tarea judicial que le fue asignada: el insólito caso de la banda liderada por Muñiz y Peñaranda.

PREPARATIVOS DE LAS DEFENSAS

> El marido tiene amplia facultad para inmiscuirse, en todos los casos, en la correspondencia de su esposa; no así ésta en la de aquél.
>
> MARTÍN FRAGUEYRO,
> *Las cartas misivas*, 1880

Los Caballeros de la Noche pasaron las celebraciones de fin de año en la penitenciaría y recibieron 1882 con cierta desazón. La interrupción de las actividades judiciales durante enero significaba que no habría avances en sus casos, dado que solo se tramitaban las cuestiones de carácter urgente, categoría en la que no se encontraban comprendidos.

Una vez que se levantó la incomunicación, los prisioneros obtuvieron el permiso para recibir visitas. El Gaité Abadie tuvo el consuelo de ver a su hermana, Helena; el joven Desalvo se reencontró con sus padres; el argelino Kadour tuvo el alivio de abrazar a su esposa e hijo; Peñaranda compartió tiempo con su querida Carmen; y Muñiz recibió a un amigo y, también, a un compañero de pensión.

Las visitas, limitadas a los martes, jueves y sábados con una duración de media hora, se realizaban en el locutorio del presidio. Este sector constaba de dos largas filas de celdas debidamente distanciadas por un doble enrejado. Mediante este sistema, visitantes y presos se encontraban suficientemente separados, lo que impedía cualquier contacto físico.

Además, un celador recorría el corredor formado por las rejas para asegurarse de que no se pasaran objetos a los internos. Por ese motivo, las conversaciones carecían de privacidad. Aun así, era crucial para los detenidos captar las reacciones de sus seres queridos ante la situación que enfrentaban.

En contraste, nadie se hizo presente para compartir la media hora de rigor con el Turco Morate, Pablo Michalenge, Francesco Moris y Joaquín Barreiro. Pero todos, sin excepción, tuvieron la oportunidad de entrevistarse con sus abogados en el área destinada a estos encuentros, dentro de la alcaidía. Allí podían conversar a solas y definir la estrategia de la defensa.

A mediados de febrero, el belga Peñaranda mantuvo la primera reunión con su flamante defensor, el doctor Martín Fragueyro, quien había cobrado cierta notoriedad por un estudio sobre la correspondencia en la que analizaba si el propietario de una carta era el remitente o el destinatario, más otras cuestiones, entre las que se destacó un tópico que generó gran polémica: «¿Tiene derecho el marido sobre la correspondencia privada de su esposa?».

El belga se mostró entusiasmado por la notable confianza de su abogado en la resolución de la causa. Fragueyro explicó a su defendido cómo continuaba el juicio:

—El juez Aguirre informará al fiscal que aguarda su exposición. Para mediados de marzo, el fiscal deberá presentar su alegato por escrito. Nosotros, los defensores, nos turnaremos para examinar sus argumentos y formular nuestras respuestas. Una vez que el juez haya recopilado todos los descargos, se tomará un tiempo para evaluar las distintas posturas antes de emitir su veredicto.

—¿Cuántas semanas llevará este proceso?

—Eso dependerá de la rapidez con la que los cuatro defensores y el juez puedan actuar.

—¿Los cuatro defensores?

—Sí, los tres restantes son los abogados de Muñiz, de Desalvo y el defensor oficial encargado de los demás acusados.

—¿Cuánto tiempo estima, doctor?

—Entre tres y cuatro meses, posiblemente más. Como ya mencioné, todo depende de la agilidad con la que procedan los involucrados.

La respuesta golpeó a Peñaranda como un mazazo. Su mirada, que brillaba de optimismo, se apagó en un instante. El belga, visiblemente abrumado, se dejó caer en su silla, resignándose a la cruda realidad: la libertad, ese sueño dorado que por un breve momento pareció estar al alcance, se esfumaba como la más fugaz de las ilusiones. Se levantó, extendió la mano en un gesto de despedida hacia Fragueyro y salió de la alcaidía, escoltado por un celador. Azotado por una tormenta de emociones —ira, resignación y un dolor agudo—, cruzó el umbral de su celda. Allí, sentado sobre el austero catre, ahogó el llanto entre sus manos.

PELIGROSOS E INCORREGIBLES

Como lo había predicho el abogado de Peñaranda, a mediados de marzo el fiscal Andrónico Castro presentó formalmente la acusación contra los integrantes de la banda. El funcionario había sido legislador en Buenos Aires hasta diciembre de 1880, cuando se conformó la Capital Federal y se reformuló el aparato judicial. Castro, con treinta años cumplidos, renunció a su banca para asumir como fiscal del fuero Correccional y Criminal. Su postura anticlerical había quedado en claro durante los debates legislativos, así como sus críticas a la apertura indiscriminada de la inmigración. En esta ocasión, debía exponer sobre la asociación delictiva de la banda de extranjeros que habían optado por un camino marginal para avanzar en su progreso. Andrónico Castro se mostró inflexible en su alegato contra Los Caballeros de la Noche.

Su escrito, desarrollado en diecisiete páginas, planteaba:

> Este hecho viene a demostrarnos que la criminalidad aumenta desgraciadamente en nuestro país, por lo que se hace indispensable que seamos severos e inflexibles en la

> aplicación de las penas, poniendo así mayores obstáculos a la corriente de la criminalidad que nos amenaza moralmente.

El agente fiscal enumeró las pruebas físicas: los diplomas, las cartas, el reglamento, los sellos, las máscaras, los venenos, etc. Señaló a Peñaranda y Muñiz como los autores principales, pues «sin ellos, la asociación no se hubiera creado». Subrayó que «era secreta porque en la correspondencia entre los individuos que la formaban se valían de cifras y signos». Y manifestó su preocupación por «el peligro al que estaban expuestos todos los ciudadanos de esta ciudad con la asociación de criminales tramposos». Continuaba:

> Se buscó, por Muñiz y Peñaranda, los más famosos bandidos para que la formasen y si se tiene en cuenta que a nuestro país vienen hombres de todo el globo, que viven entre nosotros con entera libertad y que al amparo de nuestras leyes fundamentales pueden entrar y salir de él cuando quieran, que esto mismo facilita el que puedan formar asociaciones criminales en Europa, y nos vengan perfectamente organizadas; si se tiene en cuenta todo esto, decía, no debemos vacilar en aplicar el más severo castigo en este caso a los procesados, previniendo así, en lo posible, se cometan delitos semejantes en lo futuro.

También se refirió a las precauciones que había tomado la banda, lo que convertía al crimen en premeditado, y calificó de perversos a todos sus miembros.

> El agente fiscal que suscribe, haciéndose intérprete de la necesidad imperiosa de que esta sociedad se vea libre en lo posible de individuos tan peligrosos y tan incorregibles como los procesados, si hemos de tener en cuenta sus firmes antecedentes e interpretando igualmente el sentimiento público [...], acusa a Florentino Muñiz y Alfonso Peñaranda como autores principales de violación del sepulcro y del cadáver de doña Inés Dorrego. Y, como jefes del complot que llevó a cabo tan abominable crimen, se sirva condenar a los siguientes individuos a presidio a tiempo indeterminado.

En cuanto al resto de los encausados, Andrónico Castro fue categórico:

> Acuso igualmente como cómplices en primer grado en el delito que se anota a Vicente Morate, Francesco Moris, Pablo Michelange, Joaquín Barreiro, José Antonio Kadour, Patricio Abadie, Francisco Desalvo y al prófugo Daniel Espósito, y pido a usted, señor juez, que oportunamente les aplique la pena de quince años de presidio.

La petición de sentencias excedió ampliamente las previsiones de los implicados. Una condena de quince años y una pena de prisión de duración indefinida sobrepasaron por mucho las expectativas que tenían tras su intento fallido de secuestro.

De todas maneras, los abogados defensores procuraron sosegar a sus representados. A pesar de las diferencias profesionales, coincidieron en que las sanciones propuestas por el fiscal eran desmesuradas y prometieron enfatizar ese punto en sus intervenciones.

El encargado de dar el primer alegato sería el defensor oficial, quien enfrentaba un gran dilema que debía resolver al planificar su estrategia.

SIMPLE ROBO DE UN MUEBLE

Eduardo del Cerro, abogado oficial, representó a seis de los nueve miembros de la banda. Esta circunstancia lo colocaba ante un dilema ético y profesional, ya que el grado de responsabilidad variaba entre sus defendidos y, con un solo alegato, tenía el desafío de satisfacer a todos por igual.

El 10 de abril de 1882 inició su defensa cuestionando con vehemencia los planteos del fiscal Castro, a quien acusó de proponer sentencias desmedidamente severas. En la primera mitad de su presentación, se centró en desmantelar los argumentos de la acusación, mientras que, en la segunda, dirigió su atención hacia la clasificación de sus defendidos en dos grupos distintos. Por un lado, los que actuaron en las cruciales jornadas, entre el 24 y el 26 de agosto de 1881 —Morate, Abadie, Michelange y Moris—, de quienes afirmó:

> Todos estos individuos han tenido la misma participación en el delito. Eran integrantes de la misma asociación y colaboraron con igual nivel de complicidad en diversas tareas criminales, ya sea extrayendo el cadáver, buscando

> socios y changadores, remitiendo cartas, yendo a esperar el cajón con dinero al hipódromo, abriendo la puerta del sepulcro o vigilando la entrada y salida del cementerio.

Por el otro lado, trató de manera diferenciada a Kadour, el argelino, y a Joaquín Barreiro, atribuyéndoles circunstancias particulares. Del Cerro pintó al primero como una figura arrastrada por las circunstancias, cuyas acciones, si bien reprobables, estaban signadas por la ignorancia y la coerción. El relato de su involuntario reclutamiento por parte de Peñaranda y su papel como mero ejecutor de órdenes expuso a Kadour como una pobre víctima de las ambiciones del belga.

En cuanto a Barreiro, el abogado alegó una ausencia total de connivencia con los actos criminales atribuidos a la asociación. Su entrada en ella había sido apenas una trágica coincidencia, si se consideraba su intachable conducta previa.

En la tercera parte de la exposición, el abogado Del Cerro desarrolló sus conclusiones. Explicó que la pena no podía ser la misma para todos los subordinados de la banda. Y —fundamental— que solo las leyes de Buenos Aires eran aplicables, debiendo desecharse cualquier normativa extranjera mencionada por el fiscal. Por lo tanto, sus defendidos, escribió, «no deben ser penados por todos los actos cometidos que no son considerados delitos por el código bonaerense». Eso significaba que Morate, Abadie, Michelange y Moris solo eran «responsables por el robo cometido de un objeto mueble», el ataúd, mientras que Kadour apenas era un cómplice en segundo grado, y Barreiro, inocente.

> En resumen, pido a Su Señoría que se sirva reducir la pena que el señor fiscal injustamente pide para mis defendidos, Vicente Morate, Patricio Abadie, Pablo Michelange, Francesco Moris, a tres años de prisión. En cuanto a José Antonio Kadour y Joaquín Barreiro, se sirva dictar autos de sobreseimiento y sean puestos inmediatamente en libertad.

En el mismo sentido, el defensor del joven Desalvo propuso su liberación, ya que consideraba que había cumplido la corta pena que le correspondía, equiparándolo a la situación del argelino Kadour.

Antes de que finalizara el mes de abril, dos defensores habían presentado sus alegatos. Faltaban los otros dos, los más controvertidos. Llegaba el tiempo de que se manifestaran las defensas de Muñiz y Peñaranda.

LA IMAGINACIÓN CALENTURIENTA DEL FISCAL

Consciente del desafío que el caso representaba, no solo por la gravedad de los hechos, sino también por el ambiente social tenso que rodeaba al proceso, Martín Fragueyro, el abogado defensor de Alphonse Peñaranda, inició su exposición expresando: «Si mi defendido no es inocente en la comisión del delito por el que se le ha encarcelado, está también muy lejos de ser acreedor a la pena enorme que el agente fiscal en lo criminal pide». Acto seguido, se propuso poner de manifiesto ciertas irregularidades durante la confección del sumario. Con duras palabras criticó la actitud de la policía y de algunos sectores de la prensa que contribuyeron a crear un clima de prejuicio y un sensacionalismo desmedido en torno al caso, mencionando también la posible influencia de la familia Dorrego:

> La simple lectura del expediente, que ha llamado tanto la atención de esta sociedad y la ha escandalizado con sus relatos ampulosos, difundidos por algunos órganos de prensa; junto con el rol sinvergonzoso —que con justicia puede llamarse ridículo—, que ha jugado la policía para excitar

> el carácter novelesco del público; unido todo al nombre y posición ventajosa que ocupa en esta sociedad la familia Dorrego. Todo esto, señor juez, ha contribuido a aumentar la magnitud de este proceso, así como la percepción de culpabilidad de los encausados. Piense, Vuestra Señoría, en las recompensas que, con tanta prodigalidad, ha distribuido la familia Dorrego a algunos funcionarios de la policía, como la voz pública tenazmente asegura.

El letrado no dudó en señalar lo que consideraba errores jurídicos por parte de la fiscalía, describiéndolos como producto de un «espíritu de novelencia» y una falta de preparación adecuada para un debate de esta naturaleza. Insistió en que el alcance delictivo de la asociación Los Caballeros de la Noche había sido «inflado por la imaginación calenturienta del fiscal»:

> A pesar del respeto que merecen las cenizas del ser humano que guarda la tumba, no se aconseja para esta clase de delitos la aplicación de una pena tan enorme como la que ha pedido el doctor Castro. ¡Quince años de presidio! ¡Qué extravagancia! Entonces, para aquellos delitos atroces, para aquellos que conmueven con escenas de sangre y de horror, ¿qué pena aplicaríamos? ¿Qué pena aconsejaría el señor fiscal? ¿La muerte? ¿La horca?

El abogado dedicó una parte sustancial de su alegato a desmentir que Peñaranda haya tenido un papel relevante en la asociación. Destacó la juventud y el trasfondo familiar de su defendido, argumentando que se trataba de un hombre más arrastrado por la marea de circunstancias desafortunadas que por una inclinación criminal. Apuntó al socio del belga, cargándolo con el peso de la responsabilidad mayor.

> Está en primer lugar Florentino Muñiz, el alma de esta sociedad, el jefe de la banda, quien, en una palabra, la ha constituido. El que después de organizarla se preocupó de buscar afiliados, empleando una estrategia compleja y llena de indirectas, sin revelar jamás el objetivo exacto de la sociedad. Este hábil criminal comprometió a Peñaranda y al resto en sus fechorías, enredándolos en las consecuencias legales y judiciales de sus actos.

La solicitud final del abogado Fragueyro fue categórica: pidió la liberación de Peñaranda, argumentando que el tiempo transcurrido en prisión era suficiente para compensar cualquier falta menor que hubiese cometido.

A pesar de la firmeza en su exposición, su cliente dudaba de la eficacia de los argumentos presentados. Peñaranda consideraba que el enfoque de su defensor, criticando a la policía, a los periodistas y a la familia Dorrego, podría no ser el más adecuado para liberarlo del complejo laberinto judicial.

Quedaba pendiente el último alegato: el del brillante abogado que representaba al español Muñiz. La batalla legal se encaminaba hacia un desenlace tan impredecible como el caso mismo.

CALZADA

Nacido en España, Rafael Calzada descubrió a los ocho años su fascinación por la emblemática obra *Robinson Crusoe* de Daniel Defoe, que el maestro les leía en clase. Por una cuestión familiar, tuvo que faltar a una lectura y urdió un plan para compensar la pérdida. Sabedor de las consecuencias, pegó a un compañero en el aula y fue castigado con una hora de detención después de la jornada escolar. Con una herramienta que llevó de su casa, rompió la cerradura del cajón donde se guardaban los libros, leyó el capítulo de *Robinson Crusoe* y huyó de la escuela. Fue descubierto esa misma tarde y expulsado.

El destino lo llevó por el camino de las leyes y su carrera universitaria fue brillante. Sin embargo, una vez que se recibió de abogado, ansiaba algo más que las comodidades de un futuro predecible en España. En el verano de 1875, mientras pasaba una temporada en la residencia de su tío predilecto, se encontraba contemplando el devenir del río cuando su imaginación lo catapultó hacia Sudamérica. Cuanto más lo meditaba, más se convencía de su decisión. Lleno de alegría y entusiasmo, compartió sus planes con su tío. Pero este intentó disuadirlo, argumentando que América era el refugio de quienes huían de la pobreza.

—Tú, en cambio, eres abogado, tienes buen pasar económico y un padre escribano que, sin duda, te favorecerá con buenas relaciones —le dijo.

De la misma manera respondieron los padres de Rafael, consternados, cuando les compartió su deseo de llevar adelante su carrera profesional lejos de España. El padre reaccionó furioso y la madre lloró.

Aun ante la falta de apoyo de los mayores, Calzada —imbuido del espíritu aventurero de su ídolo literario— eligió el camino menos transitado por los de su condición acomodada y se embarcó en un viaje transatlántico. Pasó una corta temporada en Montevideo y luego se dirigió a Buenos Aires. Tenía veintiún años. Gracias a las buenas conexiones en la comunidad española, obtuvo empleo en el estudio del prestigioso doctor José María Moreno. Mientras se formaba profesionalmente, dedicó muchas horas al aprendizaje de las leyes argentinas. Con confianza, validó su título bajo la legislación local y, en 1877, inauguró su propio bufete jurídico, especializado en Derecho civil y comercial.

A comienzos de junio de 1882, se contaba entre los abogados de renombre, a pesar de su corta edad. En ese tiempo, estaba organizando un viaje a Londres para discutir asuntos contractuales en representación de un cliente involucrado en la construcción del puerto de Rosario, cuando recibió la visita de dos hombres. Un amigo de los caballeros había sido encarcelado por una causa criminal y deseaba que Calzada lo representara.

Aunque el derecho penal no era su área de especialización, la trascendencia del caso y su posible eco en los medios captaron su interés. Así, Rafael Calzada asumió la defensa de Florentino Muñiz, presunto líder de la sociedad de Los Caballeros de la Noche.

Revisó en profundidad el expediente, la acusación del fiscal y los alegatos de los otros abogados. Trabajó casi con exclusividad en la confección de su defensa. El 14 de junio solicitó al juez una prórroga para hacer su presentación. El 15 de julio, el abogado oficial Del Cerro protestó ante el magistrado por la demora del colega Calzada, desconociendo que este ultimaba los detalles de uno de los alegatos más significativos en la historia jurídica de la República Argentina. El abogado defensor de Florentino Muñiz dio a conocer su postura el 20 de julio de 1882, y su exposición revolucionó el expediente.

¿QUIÉN ORGANIZÓ ESTA ASOCIACIÓN DE IMBÉCILES?

Faltaban pocos días para que se cumplieran once meses del intento fallido de cobrar el rescate por el secuestro del féretro de doña Inés Indart de Dorrego. La mañana del 20 de julio de 1882 presagiaba una lluvia que tardaba en manifestarse. Justo antes del mediodía, un jinete amarró su caballo a una barra de hierro cerca de la entrada principal de la penitenciaría. Era un ayudante del doctor Rafael Calzada, quien llegó con un paquete voluminoso asegurado con una cuerda de poco grosor. Entregó el envoltorio en el despacho del juez Aguirre y se marchó de vuelta al centro, adelantándose al aguacero. En el tribunal criminal quedaron las ciento treinta y ocho fojas del escrito del abogado de Florentino Muñiz, cuyo contenido captó el interés del juez Aguirre y su secretario. La escritura de Calzada era muy cuidada, lo que facilitaba su lectura e interpretación.

> He leído muchas veces y con mucha detención la acusación fiscal. Confieso que cuanto más la estudio, mayor es el asombro que me causa. Pero ni el fiscal dice todo lo que ha sucedido, ni ha sucedido todo lo que dice el fiscal. Ante

todo, ¿quiénes fueron los que llevaron a cabo la sustracción? Unos hombres que se dicen miembros de una sociedad que se distingue con el tan ridículo como grotesco nombre de Los Caballeros de la Noche. ¿Quién organizó esta asociación de imbéciles? ¿Cuáles eran sus propósitos? Y en último término, señor juez, ¿quiénes eran los tales Caballeros de la Noche? Ya lo he dicho. Unos cuantos imbéciles que ni tenían conciencia de lo que hacían ni sabían a qué atribuir el que se les adjudicase la caballeresca investidura.

De asociación solo tenemos el nombre. No cabe en lo posible calificar de tal a unos cuantos desdichados que ni se conocían, ni se reunían, ni deliberaban, ni tenían posibilidad de concertar empresa alguna con buenos y malos fines; ni sabían otra cosa sino que había un misterioso Consejo Supremo que podía indicarles que hicieran algo que, tal vez, les redundara en algún provecho. Pero con libertad de hacerlo o no.

Las constancias del sumario lo prueban: el único que tenía propósitos fijos y determinados era Kerckhove de Peñaranda.

Ante todo, véanse los ridículos estatutos y nadie se atrevería a decir que ellos pudieran servir de base a una asociación de criminales. Con sus términos extraños, sus caprichosos sellos y sus extravagantes advertencias, parecen más el producto de un cerebro enfermo y trastornado por un espíritu novelesco que las reglas serias e ineludibles a que debiesen ajustar sus actos algunos hombres decididos al crimen. Si esto es una asociación con fines ilícitos, pregúntesele al famoso Consejo Supremo, es decir, a Peñaranda, que era el único que tenía conciencia de lo que hacía; no a los mentecatos que, mientras se envanecían con llevar en el bolsillo el pomposo diploma que los acreditaba Caballeros, ignoraban absolutamente que su caballerosidad debía consistir en robar.

Parece, sin embargo, que el señor fiscal no quiere entenderlo así. Con una ligereza inexplicable, dice que Muñiz y Peñaranda buscaron «los bandidos más famosos para que la formasen». Y en otra parte menciona «el peligro al que estaban expuestos los habitantes de esta ciudad con la asociación de criminales tan famosos y bajo condiciones semejantes».

Se conoce que al señor fiscal se le acaloró su imaginación en los momentos en que componía su vista, acusando a unos Caballeros cuyo delito mayor es tal vez haber infringido la Constitución aceptando condecoraciones y títulos honoríficos, muy en pugna con nuestras instituciones democráticas; y que, en medio de su acaloramiento, vio por todas partes bandidos de caras espantosas y féretros robados por docenas. Pero lo que no me explico es que califique de muy famosos bandidos a hombres que, con excepción de mi defendido que cierta vez fue procesado y absuelto, jamás han cometido ningún delito ni han sido llevados por la policía ni siquiera de casualidad.

Luego enumeró a varios de los encausados que integraban la renombrada banda que tanto preocupaba al fiscal:

—Barreiro: es un honrado comerciante cuyo delito consistía en tener en su casa el título de Caballero sin saber qué quería decir eso y sin haber tenido la menor participación en el hecho que motiva esta causa.

—Desalvo: es un pobre muchacho de dieciocho años que nunca tuvo conciencia de su caballerosidad ni noticia del robo del cadáver.

—Abadie: veintiún años, fue siempre un diligente mozo de café a quien por lo visto envaneció la idea de verse vestido de Caballero a fin de poder codearse con los mismos a quienes servía.

—Kadour: veintisiete años, era un mísero sirviente que, al entrar en la casa de Peñaranda, se encontró con la agradable sorpresa de armarse Caballero con todas las prerrogativas propias de tan alta dignidad.

—Morate: griego, treinta y dos años, un marinero idiota que al prestar confesión no se le ocurrió decir otra cosa en descargo sino que Abadie era quien lo había embromado y metido en todo esto.

Y así todos los demás. ¡Famosos bandidos! ¡Empedernidos criminales! ¡Desdichada la ciudad amenazada por ellos!

La enumeración fue inesperada. Nadie pensaba que el defensor del acusado, que estaba en desacuerdo con todos, se refiriera a ellos —aunque no precisamente con elogios—, para identificarlos como víctimas de las circunstancias. El listado no incluía a su cliente Muñiz. Pero su argumentación reservaba un lugar especial, no solo para su defendido, sino también para el belga Peñaranda.

¡INFAMIA, SEÑOR JUEZ!

Parte de la táctica del joven abogado consistía en resaltar las diferencias entre Muñiz y Peñaranda. Creía que el contraste entre ambos sería significativo. Según su perspectiva, los dos amigos se encontraban en extremos opuestos del caso.

> Hay, entre los acusados, algunos que no han tenido la menor participación en el delito que motiva este proceso. Uno de ellos es Florentino Muñiz. ¿Por qué está preso este hombre? ¿Por qué se lo tiene encarcelado bajo la sospecha de un delito? Por una fatalidad y por una infamia. La fatalidad es la de haber tenido públicas relaciones de amistad y de negocios con Alfonso Kerckhove de Peñaranda cuando la consumación del delito. La infamia es la calumnia maquiavélica fraguada por Peñaranda, a fin de que alguien compartiera con él la responsabilidad. Primero inventó un personaje llamado Antonio Dubois, de quien dio prolijos detalles. Pero antes de concluir su declaración se asustó de sí mismo, se arrepintió de haber dicho que él solo era el delincuente, volvió sobre sus pasos, y buscó un «Dubois»

que no fuese solo invención suya. Pensó en su amigo leal, Florentino Muñiz, para que lo ayudara a llevar la carga de su propio delito.

¡Infamia, señor juez! ¡Enorme infamia!

¿Quién le dio el nombre a la asociación? Peñaranda. ¿De dónde había sacado ese nombre? De una novela. ¿Quién redactó los diplomas y estatutos? ¿Quién los imprimió? ¿Quién mandó a tomar las casillas del correo? Alfonso Kerckhove de Peñaranda, señor juez. ¿Quién, sino el director, está familiarizado con tantos hombres que, a unos les da plata, a otros amenaza con romperles las costillas o cortarles la cabeza? ¿Quién, sino el director, confecciona el diseño de sellos, los encarga, ordena comprar antifaces; y conserva en su poder todos esos elementos? Y finalmente, ¿quién, sino el director, manda correspondencia y se entiende con todos los afiliados?

Alfonso Peñaranda es sencillamente un vil impostor y un calumniador sin conciencia. De tal conducta provienen los siniestros antecedentes de su vida en Bélgica, el ingenio con el que organizó su farsa de Los Caballeros de la Noche y redactó los estatutos que, dicho sea de paso, tienen el mismo estilo de la carta; el cinismo con que se imponía a los infelices a quienes amenazaba y, finalmente, la audacia que lo condujo a efectuar con sus propias manos el robo de un cadáver. ¡Qué no será capaz de inventar en materia de falsedades la imaginación de un hombre que, antes de declararse culpable, inventa a un tal Dubois!

Por otra parte, dice Abadie, cuyo papel en este proceso es de los más importantes, que fue Peñaranda quien le dio la comisión de enviar la carta por un changador a la señora de Dorrego.

> El que ideó semejante hecho es un hombre avezado al crimen y ese hombre es, sin género de dudas, Alfonso Kerckhove de Peñaranda; ya he indicado antes lo siniestro de sus antecedentes; cuando llegue el momento oportuno he de presentarlo, con pruebas que me han sido ofrecidas, en toda su deformidad moral.

Calzada puso de manifiesto al principal enemigo de su caso, convencido de que cada gramo de culpabilidad del belga fortalecía la inocencia de Muñiz. Sin embargo, no era suficiente. Su cliente había participado de algunas situaciones que lo comprometían. De todos modos, Rafael Calzada encontraría los argumentos adecuados para su sólida defensa.

LOS SENTIMIENTOS NOBLES DE MUÑIZ

El juez Aguirre y el fiscal Castro estaban interesados en comprender cómo el abogado de Muñiz justificaría la presencia de su defendido en el entierro de doña Inés. Calzada lo explicó de la siguiente manera:

> Florentino Muñiz confiesa haber asistido al entierro de la señora de Dorrego en compañía de Peñaranda. Esta circunstancia es, para el señor fiscal, una prueba de su culpabilidad, pues entiende que concurrió con el objeto de reconocer el ataúd y ver dónde lo colocaban. Para el que no conozca ciertos antecedentes de mi defendido, tal vez aparezca esto como un indicio en contra de su inocencia. Sin embargo, es todo lo contrario.
>
> Obsérvese esta circunstancia: para reconocer el féretro no se necesitaba ir al cementerio; con situarse en la puerta de la casa de la finada para ver cómo lo sacaban y lo colocaban en el carro fúnebre era más que suficiente; y lo que un observador no viese entonces no habría de verlo seguramente en la Recoleta, con la ventaja de que no llamaría la atención de los acompañantes. ¿A qué entonces el viaje al

cementerio? ¿A reconocer la bóveda? No. Nadie que hubiese visitado la Recoleta ignora dónde está situada.

Como lo ha dicho en sus declaraciones, asistió al acompañamiento sencillamente por gratitud. Doña Inés Dorrego, cuyos restos eran conducidos al cementerio, venía siendo, desde hacía algunos años, una verdadera madre y la generosa protectora de su esposa y sus hijos. Esto lo sabe todo el mundo. Muñiz no necesitaba estrechar la mano de nadie al ser despedido el duelo, ni que nadie agradeciera su presencia en aquel sitio, para sentir con placer dentro de su conciencia la íntima satisfacción del deber cumplido. ¡Qué corazón generoso que haya latido alguna vez a impulsos de la gratitud podrá mirar con extrañeza ese acto de Florentino Muñiz, que, lejos de presentarse como un malvado, pregona con alta elocuencia la nobleza de sus sentimientos!

Si hubiese procedido de otro modo, dejaría de ser un hombre de bien, que no hubiese ido a acompañar los restos mortales de la señora de Dorrego; y toda la sociedad, todos cuantos lo conocen, tendrían al día siguiente el derecho a señalarlo como el ingrato, como el desnaturalizado que no había sabido tributar el último homenaje de reconocimiento a la mismísima matrona que en los días de su adversidad había sido la protectora elegida de sus hijos. ¿Quién es Muñiz para idear un delito semejante contra una familia a quien solo le debía reconocimiento?

El abogado defensor comprendía que el acto respetuoso de asistir al cementerio para rendir un breve homenaje en memoria de doña Inés se veía ensombrecido por la asistencia del belga. Aun así, ofreció una explicación para disipar cualquier duda.

Alfonso Peñaranda fue esa tarde con él al cementerio. ¿Se aprovechó de las conversaciones que naturalmente debió de haber tenido con Muñiz sobre la cuantiosa fortuna que dejaba la señora de Dorrego y sobre la familia llamada a sucederla para llevar a cabo su propósito? Nadie podría decirlo, pero es probable. Oyó el apellido Dorrego y el apellido Miró y supo que la familia residía en el palacio de la calle del Parque, y no necesitó saber más. Para él era suficiente.

Al llegar a este punto, es menester decidirse entre Florentino Muñiz y Alfonso Peñaranda; entre un hombre de bien, para el cual la familia Dorrego era algo del más digno respeto, o el criminal, para el cual el rico no es otra cosa que un objeto de explotación e ilícito despojo.

Hasta ese momento, Muñiz había sido considerado uno de los componentes clave en la estructura de la actividad delictiva. Las aclaraciones de su abogado no parecían suficientes para alterar la percepción de la balanza de la Justicia. Sin embargo, el documento de Calzada estaba alcanzando el propósito que se había fijado. Y esperaba definir el pleito con una revelación sorprendente.

¿Y EL RESPETO QUE MERECE UN MUERTO?

Todavía quedaba por responder por qué había intervenido para que el comisario Tasso liberara a Peñaranda y Kadour, después de que fuesen detenidos una noche cerca del cementerio de la Recoleta. «Es cierto —explicó Calzada— que Muñiz utilizó su influencia en la comisaría para que Peñaranda fuera liberado, asegurando que era un hombre honorable. Pero lo hizo creyendo sinceramente en su buena fe y porque no podía imaginar el motivo que lo había llevado al cementerio». Respecto a su implicación en el empeño de las armas y las joyas, el abogado precisó que «como representante de todos los asuntos de Peñaranda, Muñiz empeñó las joyas y recuperó los revólveres, y lo habría hecho de nuevo si el belga se lo hubiera solicitado». Calzada concluyó su alegato diciendo: «Ahí está todo el enigma. Ahí está toda la participación de Muñiz en el principio de la ejecución del delito, como dice el señor agente fiscal». Y añadió: «No existe en este extenso proceso ni un solo indicio que demuestre que mi defendido conocía el propósito para el cual se destinaban ese dinero ni esas armas». Con estos argumentos, Calzada completaba su defensa. Pero aún tenía más que decir.

> Demostrada la inocencia de Florentino Muñiz, parece lo natural suponer que la misión del defensor hubiese concluido. No es así, sin embargo. Quiero colocar a Muñiz en la peor de las circunstancias: quiero suponer, por un momento, que las afirmaciones de Alfonso Peñaranda, en vez de ser una calumnia, son la fiel expresión de la verdad. ¿Cuál sería su delito?
>
> El Código Penal no ha previsto el caso que un sepulcro pudiera ser violado; luego, esa violación no es susceptible de ser penada.

El abogado rechazó la idea de que la acción cometida por los Caballeros constituyera un hurto, y proporcionó un ejemplo: «Quien toma la pluma con que escribo y la esconde en el último cajón de mi escritorio para hacerme creer, por cualquier motivo, que me ha sido robada no puede considerarse reo de hurto. Carece de la condición esencial: la intención de apropiársela. ¿Para qué podrían querer esos hombres un ataúd y mucho menos un cadáver? El hecho de dejarlo en la bóveda de la familia Requejo revela su deliberada voluntad de no apropiárselo».

Para el letrado, tampoco hubo robo, ya que no forzaron el ataúd y extrajeron objetos de su interior para apropiárselos.

> Ya sé qué se dirá: ¿Y el respeto que merece un muerto? ¿Semejante atentado que repugna la conciencia de todos los hombres deberá quedar impune? Si la ley no lo castiga, sí. Nuestro código fundamental dice: «Ningún habitante de la

nación puede ser penado sin juicio previo fundado en ley anterior al hecho del proceso».

El que mutila o menosprecia un cadáver da muestras de perversidad, sin duda alguna. Pero, en rigor, no infiere daño a nadie; más bien, comete una falta del orden moral fuera de la conciencia, más que un delito que deba caer bajo la acción de la ley. Que la sociedad haga cargo en buena hora a los legisladores que no quisieron o no supieron prevenir el hecho, pero jamás podrá hacerlo al magistrado que, como súbdito de la ley, no hace otra cosa que cumplir con el sagrado deber de aplicarla. Porque el juez no es otra cosa que la ley misma manifestándose al exterior en forma sensible. Y la ley, en su rígida inmovilidad, no tiene temores ni menguados apasionamientos.

Calzada propuso un interesante argumento para exonerar a los legisladores por la ausencia de una normativa que penalice el acto cometido:

El que le falta el respeto a un muerto no ataca a otra cosa que a la afección más o menos profunda, al recuerdo más o menos intenso que de él conserven sus deudos o sus amigos. Sin embargo, los restos del que muere olvidado de todos, que no ha dejado ni familia ni amigos, ¿sí podrían ser impunemente menospreciados? No, la penalidad no puede reposar sobre una base tan inestable y tan insegura como los recuerdos y las aflicciones de los hombres. Hay quien llora toda la vida la pérdida del padre, del hijo, del hermano, hay quien al día siguiente lo olvida, hay quien, por último, no tiene a quien llorar ni quien lo llore. El legislador carece, pues, de base para la imposición de un castigo.

Por último, el defensor de Muñiz se cuestionó si la carta a doña Felisa era el instrumento que permitía acusarlos de estafadores. Fue categórico al negarlo con argumentos firmes. En el mejor de los casos, si las hermanas Dorrego hubiesen depositado los dos millones en la caja punzó, la acción podría considerarse una amenaza que se materializó, sancionada con cuatro meses de encierro, si se aplicara todo el peso de la ley. Esto dista mucho de los quince años y la prisión por tiempo indeterminado que sugirió el fiscal Castro.

El abogado sentenció: «No puedo dudar un momento de que mi defendido volverá al seno de una familia y de una sociedad, de donde momentáneamente ha conseguido arrancarle la más torpe de las acusaciones, con la frente levantada».

El abogado de Florentino Muñiz había jugado la carta más fuerte de todas. Sus razonamientos no solo probaban la inocencia de su cliente, sino también la de todos los miembros del grupo.

UNA BODA Y UN FUNERAL

Once meses habían transcurrido desde aquel operativo policial que marcó el ocaso de las andanzas delictivas de Los Caballeros de la Noche. En aquellos días de 1881, los periódicos se habían deshecho en alabanzas hacia los comisarios, colocando en un pedestal a Pablo Tasso, cuya peculiar actuación como vendedor de aves había cautivado la imaginación popular. Sin embargo, casi un año después de su acción más recordada, ciertas sombras comenzaron a oscurecer su estrella. El jefe Paz, conocido por su implacable cruzada contra los antros de juego ilegales, descubrió la conexión entre Tasso y algunos empresarios de ese dudoso entorno. Esa revelación bastó para sellar el destino del comisario. Mediante una nota formal, Paz solicitó al ministro del Interior que firmara la destitución de Tasso, una decisión que se materializó el 1 de agosto de 1882.

La noticia de su caída no tardó en esparcirse y, pronto, algunos vecinos de la jurisdicción propusieron honrarlo con un diploma y una medalla como gesto de agradecimiento por sus servicios. Este acto de reconocimiento provocó la reacción de las autoridades, que expresaron sus dudas en la *Revista de Policía*, cuestionando si aquel homenaje emanaba de los ciudadanos ordinarios protegidos por Tasso o de aquellos que habían disfrutado de sus favores de manera especial.

Mientras tanto, en la penitenciaría los días transcurrían sin novedades. A fines de agosto se cumplió el aniversario del secuestro, con cada uno de los involucrados —salvo el escurridizo Espósito— en la tensa espera de una decisión judicial que sellara su suerte.

El 1 de septiembre de 1882, un acontecimiento capturó la atención de la ciudad. La iglesia del Socorro, en el distinguido barrio de Retiro, abrió sus puertas al jefe de Policía, Marcos Paz, quien, vistiendo su uniforme de gala, estrechó su mano al ministro Benjamín Victorica, su inminente suegro. Luego, Paz tomó el brazo de la joven Cruz Victorica y juntos se dirigieron al altar, donde se celebró una ceremonia nupcial de gran pompa, congregando a las más altas esferas del gobierno, encabezadas por el presidente de la nación. También estaban presentes los destacados comisarios, aunque con alguna excepción. A la ausencia lógica del destituido Tasso se sumó la de José Cueto, postrado por problemas de salud que fueron agravándose. Recibió la visita del jefe Paz, cuando regresó de la luna de miel —en San José de Flores— el 15 de septiembre. El día 20, un grupo de vecinos concurrió a casa del enfermo. Su situación era irremediable. Le entregaron una condecoración que recibió con un gesto de agradecimiento, aunque sin fuerzas para articular palabra. El comisario Cueto, aquel que había vigilado, junto con Tasso, las inmediaciones del palacio Miró con el objetivo de capturar a los secuestradores, murió el 6 de octubre de 1882, pocos días antes de que el juez Julián Aguirre emitiera el fallo largamente esperado.

Sus restos fueron llevados al renombrado cementerio de la Recoleta.

VEREDICTO

Después de analizar detenidamente la acusación y los alegatos presentados, el juez Julián Aguirre llegó a una conclusión en octubre de 1882. Tras trece meses de encierro, los acusados al fin tendrían el veredicto que tanto habían aguardado. El magistrado determinó que Los Caballeros de la Noche habían incurrido en lo que denominó «una intención fraudulenta», acompañada de la «violación de domicilio», además de «amenazas y coacciones» hacia la familia de doña Inés y el «robo de persona». Aunque estableció cuatro cargos, descartó la acusación de asociación ilícita, argumentando que el estatuto vago de la sociedad no evidenciaba un propósito explícito de delinquir.

Frente a las pruebas del crimen, que calificó de odioso y repelente, el juez sentenció a Peñaranda, Morate, Abadie, Michelange, Moris y también al ausente Espósito a seis años de prisión por su participación directa en el secuestro y cobro del rescate.

Muñiz recibió una condena de dos años, dado que no se pudo determinar con precisión su grado de implicación.

Tres acusados —el argelino Kadour, Barreiro y el joven Desalvo— fueron absueltos y liberados de inmediato.

La resolución del juez Aguirre tomó por sorpresa a las defensas, que rápidamente apelaron ante la Cámara del Crimen. El expediente pasó entonces a las manos de un nuevo fiscal, Gerónimo Cortés, quien desafió varios puntos del fallo inicial. Cortés refutó la idea de que se tratara de un robo de persona. En ese sentido, sostuvo: «Igualar un cadáver con una persona viva equivale a otorgarle personalidad a una estatua». También cuestionó la violación de domicilio, argumentando: «Si el domicilio es el lugar de residencia de una persona, en un sepulcro solo reside la muerte». Concordó con Rafael Calzada en que lo ocurrido no pasó de ser una amenaza sin concretar y reflexionó sobre la conformación del grupo de extranjeros, destacando:

> La inmigración genera avances, pero admite al mismo tiempo los elementos dañosos que arrojan los pueblos del Viejo Mundo. Por eso, debemos inspirarles a los extranjeros principios de orden y nociones de moralidad, a fin de que no lleguen a constituir un serio peligro para esta sociedad.

Concluyó su análisis con una declaración contundente: «Por más que este resultado repugne, todos deben ser puestos en libertad. De esta manera, la jurisprudencia criminal logra una conquista importante en favor de la libertad y de las garantías individuales».

La Cámara finalmente revocó la sentencia del juez Aguirre, validando la correcta interpretación de Calzada. Para entonces, Muñiz había sido liberado, ya que la decisión de los camaristas llegó a fines de noviembre de 1883, momento en que el español había cumplido su condena de dos años. Pero el fallo benefició al resto de los acusados, quienes fueron liberados días después. Así concluyeron las peripecias de Los Caballeros de la Noche.

NO PASÓ SIQUIERA A DARME LAS GRACIAS

Tras recuperar su libertad, los integrantes de la banda tomaron diversos rumbos y deshicieron todo vínculo que los uniera. Unos partieron de Buenos Aires en busca de nuevos horizontes; otros, como Peñaranda y Muñiz, eligieron quedarse en la ciudad. El belga regresó a su hogar, mientras que el español continuó distanciado de su esposa e hijos.

El 21 de mayo de 1884, el cementerio de la Recoleta abrió sus puertas para recibir los restos del Colorado Suffern. El comisario sucumbió a una enfermedad que lo arrebató de forma súbita. Durante ese periodo, el jefe Paz revitalizó un ambicioso proyecto largamente postergado: el traslado del Departamento Central de Policía a una nueva sede. En agosto se firmó el contrato para el diseño de los planos. Esta iniciativa se convertiría en uno de los legados más significativos de Marcos Paz, quien dejó su cargo en 1885, en vísperas de la campaña para la renovación presidencial.

El 30 de septiembre de 1886 se sancionó el nuevo Código Penal. Dentro del marco de los delitos contra la propiedad particular, el artículo 195 estipulaba:

> El que robase cadáveres para hacerse pagar su devolución sufrirá de tres a seis años de penitenciaría, si consiguiese su objeto, y prisión de uno a tres años si no lo consiguiese.

Sin embargo, esta medida no logró disuadir a los audaces imitadores de Los Caballeros de la Noche. En el otoño de 1889, La Plata se convirtió en el escenario de una serie de tentativas extorsivas por parte de una banda de italianos que, mediante cartas plagadas de errores ortográficos, exigían dinero a cambio de no profanar tumbas. Atrapados en el acto de reclamar un rescate, su suerte quedó sellada. Incidentes similares se sucedieron en Buenos Aires y Rosario, aunque sin éxito para los delincuentes.

Los días de Florentino Muñiz permanecen envueltos en el misterio. No dejó huellas que permitan reconstruir los años posteriores a la aventura de Los Caballeros de la Noche. Solo ha quedado un breve apunte en las memorias de Rafael Calzada. Allí, el abogado admitió con claridad que su defendido fue uno de los jefes de la banda. Y agregó: «Muñiz no pasó siquiera a darme las gracias cuando se vio libre». En el expediente, además, figura el pedido de embargo a Muñiz, ya que su cliente no había pagado los honorarios.

Peñaranda, por su parte, volvió a ser noticia en 1887, luego de que se descubriera un nuevo emprendimiento delictivo. Convencido de que el fracaso de Los Caballeros de la Noche tuvo que ver con la acción de los mensajeros y el cobro del rescate, ideó un sistema más sofisticado. Asociado con un francés que conoció en la cárcel, y sumando al cocinero que trabajaba en su casa —quien, al igual que el argelino Kadour, lo abandonó; en este caso, en cuanto conoció los fines ilícitos del proyecto—, pretendía secuestrar niños pertenecientes a familias pudientes. La comunicación con los padres de las criaturas sería a través de palomas mensajeras que le había enviado su hermano Vincent. El pueblo belga ha sido tradicionalmente criador de las mejores palomas para orientarse y recorrer largas distancias. Las instrucciones que llevarían las aves eran determinantes: si la paloma no regresaba con brillantes a la guarida, no volverían a ver al niño.

Así como los Caballeros tuvieron un ficticio Antonio Dubois, en esta oportunidad el belga se valió de otro personaje de su invención, Antonio Casella, para alquilar un galpón en las afueras de la ciudad.

El mal trato a los compañeros provocó que Kerckhove de Peñaranda fuera delatado. No pudo probarse el delito porque no concretó ningún secuestro. De todas maneras, las autoridades lo deportaron. Partió acompañado de su familia, con rumbo desconocido.

Quedaron las palomas belgas, una raza con la que se conformó un departamento de comunicaciones en el Ejército argentino, y luego, en la Policía Federal. En el siglo XXI, la cría de dichas palomas es un gran negocio. Se han vendido ejemplares muy por encima del millón de euros.

Cueto, Suffern, Segovia, Cernadas, Acevedo, Paz —recordado con un majestuoso monumento en el actual Departamento Central de Policía—, Cruz Victorica, Felisa Dorrego y sus hermanas, Felipe Llavallol, Ernestina Ortiz Basualdo, los jueces Julián Aguirre y Francisco Ramos Mejía, y el presidente Roca comparten el sueño eterno en el cementerio de la Recoleta, al igual que Inés Indart de Dorrego.

La inhumación de los restos del destituido Pablo Tasso —murió con cincuenta años cumplidos— tuvo lugar en la Recoleta. Pero al día siguiente lo trasladaron a una ubicación más económica en el cementerio de la Chacarita.

En cuanto al comisario Acevedo, tuvo la dicha de conocer a su nieto, Jorge Luis Borges, destinado a dejar su nombre en lo más alto de la literatura hispanoamericana.

Rafael Calzada, el último sobreviviente de esta historia, dejó este mundo en noviembre de 1929. Sus restos descansan en el sepulcro del cementerio de la ciudad que fundó: Villa Rafael Calzada.

El palacio Miró fue demolido en 1937.

EPÍLOGO

Los Caballeros de la Noche es el resultado de un proyecto al que he dedicado entre cinco y seis años de trabajo, aunque la idea de escribir sobre este tema me ha acompañado por mucho más tiempo. No bien conocí el caso, me sentí atraído por una serie de elementos fascinantes que rodeaban la historia.

En primer lugar, tenemos a nuestro protagonista, quien se introduce en la trama una medianoche, trepado al muro de un emblemático castillo en las afueras de Brujas, para luego terminar desembarcando en la efervescente Buenos Aires de 1880. La ciudad, en constante ebullición por los contingentes que recibía de Europa y otros rincones del mundo, era en ese entonces el caldo de cultivo ideal para la formación de una de las asociaciones criminales más insólitas que se haya conocido: Los Caballeros de la Noche.

La principal adversaria del heterogéneo grupo era una incipiente fuerza policial que, cuando se enfrentó a los Caballeros, no había cumplido aún su primer año de existencia. La víctima: una de las familias más poderosas de la Argentina. Además, la acción se centró en el afamado cementerio de la Recoleta, que justamente durante ese periodo estaba sumido en intensas labores de restauración.

Con componentes tan interesantes —una banda de inmigrantes con un nombre poético, una naciente institución policial, una familia con profundo arraigo en la historia argentina y uno de los cementerios más famosos del mundo—, inicié mi investigación.

Las primeras referencias literarias sobre Los Caballeros de la Noche datan de finales del siglo XIX y hasta la fecha continúan capturando el interés de numerosos escritores; en mi caso, les he dedicado algunas páginas en uno de mis libros anteriores y, además, son tema de estudio en las facultades de Derecho.

Sin embargo, la mayoría de los textos escritos no ha explorado con detenimiento los valiosos testimonios de los expedientes judiciales, preservados en el Archivo General de la Nación. Solo los dos legajos principales acumulan más de mil páginas manuscritas. A su minuciosa lectura he sumado, además, la consulta de periódicos de la Argentina, Uruguay, Brasil, Chile, Panamá, México, Estados Unidos, España y Bélgica, lo que me ha permitido disponer de un vasto —y jugoso— caudal de información.

Es común que los expedientes de causas criminales se centren solo en los acusados y ofrezcan poca información sobre policías y jueces. Para delinear sus perfiles, fui reconstruyendo parte de sus vidas, a partir de pequeñas grageas obtenidas en los diarios y en unos cuarenta expedientes adicionales. Los trámites de sucesiones y las partidas de nacimiento y defunción también resultaron ser fuentes de gran utilidad.

Confieso que, a medida que avanzaba en mi investigación, crecía en mí la convicción de que esta trama real merecía ser narrada con la riqueza de una novela. Sin embargo, enfrentaba el desafío de mi limitado conocimiento del estilo de la ficción. Me preparé leyendo numerosas obras de reconocidos autores argentinos y extranjeros. Hasta tuve el privilegio de recibir un consejo de Juan Sasturain: «Leé el expediente, dos veces si querés. Luego, metelo en un cajón y dejá que tu imaginación te guíe». Envalentonado, me lancé a escribir. Pero, conforme progresaba en la trama, percibía que algo no encajaba. Mi preocupación era que el lector pudiera pensar que ciertas situaciones verídicas —como un policía de 1881 disfrazado de guarda de tren caminando por fuera de los vagones de una formación en movimiento— fueran producto de mi imaginación. Entonces decidí abandonar el formato novela y regresar al viejo y conocido estilo ensayo, confiado en que la realidad superaría a la ficción. El impulso duró apenas un par de meses. La historia así contada carecía de alma. Allí quedé estancado.

Luego, durante un viaje a España, descubrí la narrativa histórica, un estilo que hasta entonces no había considerado y que me posicionaba lejos de los extremos que plantean la ficción y la no ficción. Por fin, me sentí cómodo con esta forma de contar. Elegí narrar los hechos, sin apartarme de lo que en realidad pasó, pero dando más color a ciertas situaciones, solo de manera ilustrativa, sin inventar hechos ni personajes, para que la recreación de las escenas fuera lo más vívida posible. Porque cada bar, calle y persona mencionada están documentados en los expedientes y en las fuentes consultadas. Espero haber logrado el objetivo.

Daniel Balmaceda

AGRADECIMIENTOS

A Silvia, mi primera y mejor lectora. A Pancho Balmaceda, que trabajó la idea de tapa con tanto profesionalismo.

Gracias a Nacho David, Vanina Suárez, Mane Pérez del Cerro, Leonel Contreras, Carlos Arzadún, María de Filpo, Adrián Saia, Conrado F. Luján de Frankerberg, Luciana Ferrer de Frankerberg, Juan Llanos, Martín Hadis, Gabriel Iezzi y Susana Gesualdi por sus aportes fundamentales.

Gracias a Fabián Alonso y Teresa Fuster, responsables de Referencia Histórica del Archivo General de la Nación. A Juan Pablo Alfaro del Museo de la Policía Federal Argentina. A Sebastián Freigeiro de la Biblioteca de la Quinta Los Ombúes. A Fito Barragán de la Hemeroteca de la Legislatura, a Antonio Román de la Biblioteca del Ministerio de Justicia, y a Bárbara Eschman del Archivo del cementerio de la Recoleta.

Gracias al comisario general Osvaldo Rubén Mato y al comisario general Gerardo Ares por facilitarme acceso a documentación.

Gracias al personal de la Biblioteca Nacional Mariano Moreno (BNMM), en particular al equipo de la sala de

Publicaciones Periódicas Antiguas, al personal del Archivo General de la Nación (AGN), al personal de la Biblioteca Crio. Antonio Ballvé, del Instituto Universitario Policía Federal Argentina (IUPFA), y al personal de la Hemeroteca Porteña José Hernández de la Legislatura de la Ciudad de Buenos Aires.